16	3	2	13
5	10	11	8
9	6	7	12
4	15	14	1

Coleção LESTE

Ivan Turguêniev

ÁSSIA

Tradução, posfácio e notas
Fátima Bianchi

editora■34

EDITORA 34

Editora 34 Ltda.
Rua Hungria, 592 Jardim Europa CEP 01455-000
São Paulo - SP Brasil Tel/Fax (11) 3811-6777 www.editora34.com.br

Copyright © Editora 34 Ltda., 2023
Tradução © Fátima Bianchi, 2023

A FOTOCÓPIA DE QUALQUER FOLHA DESTE LIVRO É ILEGAL E CONFIGURA UMA
APROPRIAÇÃO INDEVIDA DOS DIREITOS INTELECTUAIS E PATRIMONIAIS DO AUTOR.

A tradução de Fátima Bianchi foi publicada originalmente em 2002,
pela Cosac Naify, e foi revista para a presente edição.

Imagem da capa:
Valentin Serov, Jovem à luz do sol, *1888,*
óleo s/ tela, 89,2 x 71,3 cm, Galeria Tretiakóv, Moscou (detalhe)

Capa, projeto gráfico e editoração eletrônica:
Franciosi & Malta Produção Gráfica

Revisão:
Alberto Martins, Danilo Hora, Beatriz de Freitas Moreira

1ª Edição - 2023

CIP - Brasil. Catalogação-na-Fonte
(Sindicato Nacional dos Editores de Livros, RJ, Brasil)

Turguêniev, Ivan, 1818-1883

T724a   Ássia / Ivan Turguêniev; tradução,
posfácio e notas de Fátima Bianchi. — São Paulo:
Editora 34, 2023 (1ª Edição).
96 p.   (Coleção Leste)

Tradução de: Ássia

ISBN 978-65-5525-163-0

1. Literatura russa. I. Bianchi, Fátima.
II. Título. III. Série.

CDD - 891.73

ÁSSIA

Ássia 7

Posfácio da tradutora 69

Traduzido do original russo *Pólnoie sobránie sotchiniénii i pisem v tridsat tomakh* (Obra e correspondência completa em trinta volumes), de Ivan Serguêievitch Turguêniev, Moscou, Naúka, 1980, vol. IV. As notas da tradutora fecham com (N. da T.).

ÁSSIA

I

Eu tinha então uns vinte e cinco anos — começou N. N. —, *são coisas de tempos passados*,[1] como pode ver. Havia acabado de conquistar minha independência e parti para o exterior, não para "completar a formação", como se dizia na época, mas simplesmente porque queria ver esse mundo de Deus. Eu era jovem, alegre, saudável, tinha dinheiro o bastante e era ainda livre de preocupações — vivia ao deus-dará, fazia o que bem entendia, em suma, era como uma flor a desabrochar. Nem me passava pela cabeça que o homem não é uma planta e não tem como desabrochar para sempre. A juventude se alimenta de pães de mel folheados a ouro e acha que é esse, justamente, o pão de cada dia; mas chega o tempo em que se faz de tudo até por um pãozinho comum. Porém isso não vem ao caso.

Viajava sem qualquer objetivo, sem planos; detinha-me em todos os lugares que me agradavam e seguia adiante tão logo vinha-me o desejo de ver novos rostos — isso mesmo, rostos. Interessava-me exclusivamente por pessoas; detestava os esplêndidos monumentos, as célebres coleções, a simples visão de um guia já despertava em mim um sentimento de tristeza e raiva; por pouco não enlouqueci na *Grüne Ge-*

---

[1] Citação do poema *Ruslan e Liudmila* (1820), de Aleksandr Púchkin. (N. da T.)

wölbe,[2] em Dresden. A natureza exercia um efeito extraordinário sobre mim, mas eu não gostava de seus encantos, por assim dizer: penhascos, cachoeiras e montanhas extraordinárias; não gostava que ela se impusesse a mim, que mexesse comigo. Em compensação, os rostos, rostos humanos vivos — a fala das pessoas, seu riso, seus movimentos —, sem isso eu não podia passar. Eu sempre me sentia particularmente à vontade e satisfeito em meio à multidão; sentia-me feliz de ir aonde os outros iam, de gritar quando os outros gritavam, e ao mesmo tempo gostava de ver os outros gritando. Entretinha-me observando as pessoas... não é bem que as observasse — eu as analisava com uma espécie de curiosidade alegre e insaciável. Mas estou me desviando de novo.

Assim, cerca de vinte anos atrás, morava eu numa cidadezinha alemã, S.,[3] na margem esquerda do Reno. Buscava isolamento; meu coração acabara de levar um golpe de uma jovem viúva que eu havia conhecido nas termas. Era bem-apessoada e inteligente, flertava com todos — e também comigo, pobre mortal; no início até chegara a me encorajar, mas depois feriu-me cruelmente, escolhendo um tenente bávaro de bochechas coradas. Para ser franco, a ferida em meu coração não era tão profunda assim; mas eu me achava no dever de entregar-me por algum tempo à tristeza e ao isolamento — veja como se diverte a juventude! —, e assim me estabeleci em S.

Nessa cidadezinha agradaram-me a localização, ao sopé de duas colinas altas, as torres e muralhas em ruínas, as tílias seculares, a ponte íngreme sobre o riacho límpido que deságua no Reno — e sobretudo o bom vinho. À noite, logo após o pôr do sol (isso foi em junho), garotas alemãs loirinhas e

---

[2] "Abóbada verde", galeria do Palácio Real de Dresden. (N. da T.)

[3] Sinzig. (N. da T.)

muito bonitinhas passeavam pelas ruas estreitas e, ao encontrar um estrangeiro, pronunciavam com uma vozinha agradável: *"Guten Abend!"*[4] — e algumas delas não voltavam para casa nem mesmo quando a lua se erguia de trás dos telhados pontiagudos das casas antigas e os contornos das miúdas pedras do calçamento ficavam nítidos sob os seus raios imóveis. Eu gostava de perambular pela cidade nessa hora; do céu claro, a lua parecia fitá-la atentamente; e a cidade sentia esse olhar e permanecia solícita e tranquila, toda banhada por sua luz, uma luz serena que ao mesmo tempo põe a alma em suave alvoroço. No alto campanário gótico, um galo reluzia seu brilho de ouro descorado; filetes, também de ouro, rutilavam sobre o brilho negro do riacho; velas fininhas (o alemão é frugal!) luziam discretamente nas janelas estreitas sob os telhados de ardósia; cepas de videira estendiam misteriosamente suas gavinhas espiraladas de trás da cerca de pedras; algo passava correndo na sombra perto do antigo poço da praça triangular; subitamente ressoava o apito sonolento do guarda-noturno, um cachorro manso rosnava baixinho, e o ar nos acariciava de tal modo as faces, as tílias recendiam um aroma tão suave, que o peito arfava involuntariamente, cada vez mais fundo, e a palavra "Gretchen"[5] — não exatamente como exclamação ou pergunta — vinha naturalmente aos lábios.

A cidadezinha de S. fica a duas verstas[6] do Reno. Eu ia com frequência ver esse rio majestoso e, não sem certa apreensão, passava longas horas sonhando com a pérfida viúva, sentado num banco de pedra sob um enorme freixo solitário. Uma pequena estátua da Madona com um rosto quase infan-

---

[4] "Boa noite". (N. da T.)

[5] Alusão à heroína do *Fausto* de Goethe. (N. da T.)

[6] Unidade de medida equivalente a 1.067 metros. (N. da T.)

Ássia

til e um coração vermelho no peito trespassado por uma espada espiava melancolicamente por entre seus ramos. Na margem oposta ficava a cidadezinha de L.,[7] um pouco maior do que aquela em que eu me estabelecera. Certa vez, à tarde, sentei-me em meu banco preferido e fiquei contemplando ora o rio, ora o céu, ora o vinhedo. Diante de mim, uns meninos de cabeças loiras tentavam escalar os flancos de um barco que havia sido arrastado para a margem e virado, com o fundo alcatroado para cima. Pequenas embarcações avançavam em silêncio com as velas ligeiramente infladas; ondas esverdeadas passavam deslizando por mim, intumesciam-se levemente e rumorejavam. De repente chegaram-me sons de música: apurei o ouvido. Na cidade de L. tocavam uma valsa; o contrabaixo ressonava a intervalos, o violino emitia acordes imprecisos, a flauta assobiava vivamente.

— O que é isso? — perguntei a um velho de colete de veludo, meias azuis e sapatos com fivelas, que se aproximou de mim.

— Isso — respondeu ele, depois de passar o cachimbo de um a outro canto da boca —, são os estudantes que vieram de B.[8] para o *Kommers*.

"Pois irei dar uma olhada nesse *Kommers*", pensei, "afinal, ainda não estive em L." Encontrei um barqueiro e atravessei para o outro lado.

II

Talvez nem todos saibam o que é o *Kommers*. É um tipo especial de banquete solene, no qual se juntam os estu-

---

[7] Linz am Rhein. (N. da T.)

[8] Bonn. (N. da T.)

dantes de uma mesma região ou irmandade (*Landsmann-schaft*). Quase todos os participantes do *Kommers* usam o traje tradicional dos estudantes alemães: jaquetas húngaras, botas de cano alto e pequenos bonés com fitas de diferentes cores. Os estudantes geralmente se reúnem para um jantar, presidido por seu membro mais velho — isto é, um veterano — e prolongam o banquete até a manhã seguinte, bebem, cantam canções, "Landesvater", "Gaudeamus",[9] fumam, xingam os "filisteus";[10] às vezes contratam uma orquestra.

Era exatamente um *Kommers* assim que acontecia na cidade de L., diante de um hotel não muito grande, com a insígnia do Sol, num jardim que dava para a rua. Sobre o jardim e sobre o próprio hotel tremulavam bandeiras; os estudantes sentavam-se às mesas sob as tílias podadas; um buldogue enorme estava deitado sob uma das mesas; de um lado, sob um caramanchão de hera, estavam os músicos, que tocavam com empenho e volta e meia revigoravam-se com cerveja. Na rua, diante da cerca baixa do jardim, havia muita gente reunida: os cidadãos de bem da cidade de L. não queriam perder a oportunidade de olhar admirados para os visitantes. Eu também me misturei à multidão de espectadores. Divertia--me observando a expressão dos estudantes; seus abraços, suas exclamações, o coquetismo ingênuo da juventude, os olhares fogosos, o riso sem motivo — o melhor riso do mundo —, toda essa alegria fervilhante da vida jovem e fresca, esse impulso para a frente — para onde quer que venha a levar, contanto que seja para a frente —, essa liberdade tão es-

[9] "Landesvater" ("Pai da Terra") e "Gaudeamus" ("Vamos nos divertir") são canções preservadas desde a Idade Média pela tradição do *Kommers*. (N. da T.)

[10] Desde o início do século XVIII era difundido entre os estudantes universitários alemães o hábito de chamar de "filisteu" os outros residentes. (N. da T.)

Ássia

pontânea deixou-me tocado e atiçou-me. "Devo juntar-me a eles?", perguntava-me...

— Ássia, já está satisfeita? — disse de repente, em russo, uma voz masculina atrás de mim.

— Vamos esperar mais um pouco — respondeu uma voz feminina, no mesmo idioma.

Voltei-me rapidamente... Dei de cara com um belo rapaz de boné e jaqueta folgada; ele estava de braços dados com uma moça não muito alta, usando um chapéu de palha que lhe cobria toda a parte superior do rosto.

— São russos? — escapou-me involuntariamente dos lábios.

O jovem sorriu e disse:

— Sim, somos.

— Não esperava de modo algum... neste fim de mundo — comecei a dizer.

— Nós tampouco — interrompeu-me ele. — Mas, o que tem isso? Tanto melhor. Permita que me apresente: eu me chamo Gáguin, e esta é minha... — ele hesitou por um instante —, minha irmã. Podemos saber seu nome?

Eu me apresentei e começamos a conversar. Soube que Gáguin, viajando, como eu, só pelo prazer de viajar, havia passado pela cidadezinha de L. uma semana antes e também quisera deter-se ali. Para dizer a verdade, eu não tinha a menor disposição para me relacionar com russos no estrangeiro. Podia reconhecê-los de longe só pelo modo de andar, pelo corte das roupas e, sobretudo, pela expressão do rosto — desdenhosa e cheia de si, muitas vezes imperiosa, mas que de repente tornava-se cautelosa e tímida... De súbito o sujeito se punha em alerta, os olhos corriam inquietos... "Santo Deus! Será que eu disse alguma bobagem, será que estão caçoando de mim?", parecia perguntar esse olhar apressado... Passado um instante, a altivez da fisionomia tornava a restabelecer-se, alternando-se de vez em quando com uma perplexidade estúpida. Sim, eu evitava os russos, mas Gáguin agradou-me de imediato. No mundo há rostos tão felizes que dá gosto contemplar, como se nos aquecessem ou acariciassem. O rosto de Gáguin era exatamente assim, amável, terno, os olhos eram grandes e meigos, e os cabelos, macios e ondulados. Tinha um jeito de falar que, mesmo sem ver-lhe o rosto, só pelo tom de sua voz, percebia-se que estava sorrindo.

A jovem, a quem chamara de irmã, à primeira vista pareceu-me muito atraente. Havia algo próprio, singular, nos traços de seu rosto moreno e arredondado, com um nariz pequeno e fino, faces meio infantis e olhos negros brilhantes. Tinha uma constituição bem graciosa, mas era como se ainda não tivesse atingido seu pleno desenvolvimento. Não era nem um pouco parecida com o irmão.

— Não gostaria de nos fazer uma visita? — perguntou-me Gáguin. — Acho que já apreciamos o bastante os estudantes alemães. Os nossos, é verdade, teriam quebrado copos, destruído cadeiras, mas estes são bem discretos. Ássia, vamos para casa?

A jovem meneou afirmativamente a cabeça.

— Estamos morando fora da cidade — continuou Gáguin —, nos vinhedos, bem no alto, numa casinha isolada. É um lugar muito agradável, verá. Nossa senhoria prometeu preparar coalhada para nós. E agora já vai escurecer, será mais fácil atravessar o Reno sob a luz da lua.

Pusemo-nos a caminho. Pelos portões baixos da cidade (cercada de todos os lados por uma velha muralha de paralelepípedos, cujas seteiras não estavam de todo arruinadas), saímos para o prado e, dali uns cem passos ao longo do muro de pedras, paramos diante de uma porteira estreita. Gáguin a abriu e nos conduziu à colina por um atalho íngreme. A vinha crescia nas duas encostas; o sol mal acabara de se pôr e uma delicada luz escarlate caía nas videiras verdes, nos altos estames, na terra seca coberta de pedras calcárias, miú-

Ássia

das e graúdas, e na parede caiada de uma pequena casinha com vigas negras em diagonal e quatro janelas iluminadas, bem no topo da colina que escaláramos.

— E esta é a nossa morada! — exclamou Gáguin assim que começamos a nos aproximar da casinha. — E lá vem a senhoria trazendo o leite. *Guten Abend, Madame!* Já vamos para a mesa. Antes, porém — acrescentou ele —, dê uma olhada ao redor... Que tal a vista?

A vista era de fato deslumbrante. Diante de nós, o Reno estendia-se todo prateado entre as margens verdes e, a certa altura, parecia arder sob o púrpura-dourado do poente. A cidadezinha abrigada à margem exibia todas as suas casas e ruas; havia campos e colinas espalhados por todos os lados. Lá embaixo era bom, mas em cima era ainda melhor: impressionaram-me sobretudo a pureza e a profundidade do céu, a transparência radiante do ar. Fresco e leve, ele ondulava suavemente e rolava em vagas, como se também estivesse mais à vontade nás alturas.

— Escolheram uma acomodação excelente — disse eu.

— Foi Ássia quem a encontrou — respondeu Gáguin. — Mas vamos, Ássia — continuou ele —, tome as providências. Mande servir tudo aqui. Jantaremos ao ar livre. Daqui ouve-se melhor a música. Já reparou — acrescentou ele dirigindo-se a mim — que muitas vezes uma valsa não é nada agradável de perto? Os sons parecem vulgares e grosseiros, mas à distância ela se torna esplêndida, faz vibrar em nós todas as cordas românticas...

Ássia (seu nome mesmo era Anna, mas Gáguin a chamava de Ássia, então permita-me também chamá-la assim) — Ássia entrou na casa e logo voltou com a senhoria. Juntas, trouxeram uma bandeja grande com um jarro de leite, pratos, talheres, açúcar, frutas e pão. Sentamo-nos e começamos a cear. Ássia tirou o chapéu; os cabelos negros, cortados e penteados como os de um garoto, caíam-lhe em grandes cachos sobre o pescoço e as orelhas. Ela a princípio evitou meu olhar, mas Gáguin lhe disse:

— Ássia, chega de se encolher toda! Ele não morde.

Ela sorriu, e pouco depois era ela mesma quem puxava conversa comigo. Nunca tinha visto criatura mais irrequieta. Não sossegou um instante sequer, levantava-se, corria para a casa e tornava a voltar, cantarolava baixinho, ria o tempo todo, e de um jeito bem estranho: era como se risse não do que ouvia, mas de diferentes pensamentos que lhe passavam pela cabeça. Seus olhos grandes fitavam de modo ousado, sereno e direto, mas às vezes as pálpebras se contraíam levemente, e então, de súbito, seu olhar tornava-se profundo e meigo.

Passamos umas duas horas conversando. O dia se extinguira havia muito, e o entardecer, de início ardente, depois luminoso e escarlate e em seguida pálido e embaciado, ia aos poucos se dissipando e se fundindo na noite, mas nossa conversa ainda seguia, suave e tranquila, como o ar que nos circundava. Gáguin pediu para trazerem uma garrafa de vinho do Reno; nós o saboreamos sem pressa. A música continuava a nos chegar; seus acordes pareciam ainda mais suaves e ternos; as luzes se acenderam na cidade e sobre o rio. Ássia de repente reclinou a cabeça, de modo que os cachos caíram-lhe sobre os olhos, calou-se e suspirou; depois disse que estava com sono e entrou na casa; percebi, entretanto, que permaneceu por um longo tempo atrás da janela fechada, sem acender as velas. Por fim, a lua despontou e pôs-se a brincar pelo Reno; tudo se iluminou, escureceu, transformou-se, até o vinho em nossas taças facetadas começou a reluzir com um brilho enigmático. O vento arrefeceu, como se tivesse fechado as asas, e tornou-se imóvel; da terra soprava um calor noturno e perfumado.

— Hora de ir! — exclamei. — Senão, é capaz que não encontre um barqueiro.

Ássia

— É hora — repetiu Gáguin.

Descemos pelo atalho. De repente, umas pedrinhas rolaram atrás de nós: era Ássia, que nos alcançara.

— Não estava dormindo? — perguntou-lhe o irmão, mas ela, sem dizer uma palavra sequer, passou correndo por nós.

Os últimos lampiões agonizantes, acesos pelos estudantes no jardim do hotel, iluminavam as folhas das árvores por baixo, emprestando-lhes um ar festivo e fantástico. Encontramos Ássia à margem do rio: conversava com o barqueiro. Saltei para o barco e me despedi de meus novos amigos. Gáguin prometeu fazer-me uma visita no dia seguinte; apertei-lhe a mão e estendi a minha para Ássia, mas ela se limitou a olhar para mim e menear a cabeça. O barco desatracou e arrancou pelo rio caudaloso. O barqueiro, um velho bem-disposto, mergulhava o remo com força na água escura.

— Você passou pela faixa da lua, você a partiu — gritou Ássia para mim.

Baixei o olhar; as ondas, que enegreciam, agitavam-se em volta do barco.

— Adeus! — tornou a ressoar sua voz.

— Até amanhã — disse Gáguin em sequência.

O barco atracou. Desci e olhei ao redor. Já não se via ninguém na outra margem. A faixa lunar voltara a se estender como uma ponte dourada através do rio. Era como se os sons de uma antiga valsa de Lanner[11] chegassem a toda para a despedida. Gáguin estava certo: eu sentia vibrar em mim todas as cordas do coração em resposta àquela melodia lisonjeira. Voltei para casa pelos campos escurecidos, inspirando lentamente o ar perfumado, e cheguei ao meu quarto completamente enternecido pela doce letargia de expectativas

---

[11] O compositor austríaco Joseph Lanner (1801-1843). (N. da T.)

vagas e sem fim. Sentia-me feliz... Mas por que estava feliz? Não desejava nada, não pensava em nada... estava feliz.

Quase rindo desse excesso de emoções tão agradáveis e jocosas, mergulhei na cama, e já estava prestes a fechar os olhos quando de repente me ocorreu que eu não me lembrara uma única vez da minha cruel beldade durante toda aquela noite... "O que significa isso?", perguntei-me. "Será que estou apaixonado?" Mas logo depois de fazer-me essa pergunta, devo ter adormecido como uma criança de berço.

III

Na manhã seguinte (já estava acordado, mas continuava na cama), ouvi batidas de bengala na janela, e uma voz, que logo percebi ser a de Gáguin, começou a cantar:

> *Está dormindo? Com minha guitarra*
> *Vou despertá-lo...*[12]

Corri para abrir a porta.

— Bom dia — disse Gáguin ao entrar —, venho bem cedo incomodá-lo, mas veja só que manhã! Frescor, orvalho, as cotovias cantando...

Com os cabelos encaracolados e brilhantes, o colarinho aberto e as faces rosadas, ele próprio estava fresco como a manhã.

Vesti-me; saímos para o pequeno jardim, sentamos-nos em um banco, pedimos para nos servirem o café e começamos a conversar. Gáguin pôs-me a par de seus planos para o futuro: por possuir uma fortuna considerável e não depender

[12] Versos da romança "Aqui estou, Inesilla", de Mikhail Glinka, baseada no poema homônimo de Púchkin. (N. da T.)

Ássia

de ninguém, queria dedicar-se à pintura e só lamentava ter tomado juízo tão tarde e ter jogado tanto tempo fora; eu também falei de meus projetos e, a propósito, confiei-lhe o segredo do meu amor infeliz. Ele me ouviu com complacência, mas, pelo que pude observar, não despertei-lhe forte simpatia por minha paixão. Depois de dar uns dois suspiros comigo, por delicadeza, Gáguin propôs em seguida que fôssemos à sua casa para ver seus estudos. Concordei imediatamente.

Não encontramos Ássia. Segundo a senhoria, tinha ido para as "ruínas". A umas duas *verstas* da cidade de L. ficavam os destroços de um castelo feudal. Gáguin mostrou-me todos os seus trabalhos. Em seus estudos havia muita vida e muita verdade, algo livre e vasto, mas nenhum deles estava acabado, e o traço pareceu-me descuidado e inseguro. Expressei minha opinião com franqueza.

— Sim, sim — assentiu ele com um suspiro —, tem razão, é tudo muito ruim e imaturo, mas que fazer? Não estudei como devia, é verdade, e a maldita indolência eslava tem seu preço. Enquanto sonhamos com o trabalho, voamos como águia, é como se pudéssemos mover o mundo. Mas, quando passamos à execução, sentimo-nos imediatamente fracos e cansados.

Já ia começar a animá-lo, mas ele deu de ombros e, apanhando os desenhos numa braçada, jogou-os no divã.

— Se tiver a paciência necessária, serei alguém na vida — murmurou entredentes. — Se não tiver, seguirei sendo um indouto fidalgo.[13] Vamos, melhor irmos procurar Ássia.

E saímos.

---

[13] Alusão à peça *O indouto* (*Nedorosl*, 1783) de Denis Fonvízin, uma sátira à nobreza rural russa. (N. da T.)

IV

O caminho para as ruínas serpeava pela encosta íngreme de um vale estreito e arborizado; ao fundo corria um riacho, abrindo passagem ruidosamente por entre as pedras, como se tivesse pressa de desaguar no grande rio, brilhando tranquilamente atrás das arestas escuras de cristas montanhosas abruptamente talhadas. Gáguin chamou-me a atenção para alguns lugares bem iluminados; por suas palavras, percebia-se que, se não era um pintor, era com certeza um artista. Logo surgiram as ruínas. Bem no topo de um rochedo nu erguia-se uma torre quadrangular, toda enegrecida, ainda sólida, mas que parecia cindida por uma fenda longitudinal. Muralhas cobertas de musgos ladeavam-na; a hera agarrava-se aqui e ali; arbustos retorcidos pendiam das seteiras cinzentas e das abóbadas arruinadas. Uma vereda pedregosa conduzia a portões ainda intactos. Já nos aproximávamos deles quando, de repente, uma figura feminina apareceu diante de nós, atravessou rapidamente um monte de escombros e acomodou-se sobre a berma da muralha, bem à beira do precipício.

— Mas aquela é Ássia! — exclamou Gáguin —, que louca!

Entramos por um portão e fomos dar em um pequeno pátio quase que inteiramente tomado por urtigas e macieiras silvestres. Com efeito, lá estava Ássia, sentada na berma. Ela voltou o rosto para nós e começou a rir, mas sem se mexer. Gáguin ameaçou-a com o dedo, enquanto eu a repreendi em voz alta por sua imprudência.

— Deixe pra lá — sussurrou-me Gáguin. — Não a provoque, você não a conhece: seria bem capaz de subir até a torre. Veja, o melhor a fazer é admirar a inteligência dos habitantes daqui.

Dei uma espiada em redor. Num canto, acomodada em

uma cabana minúscula de madeira, uma velhinha tricotava uma meia e olhava-nos de esguelha através dos óculos. Vendia cerveja, pães doces e água de Selters aos turistas. Sentamo-nos em um banco e começamos a beber uma cerveja bem gelada em pesadas canecas de peltre. Ássia continuava sentada, imóvel, sobre as pernas encolhidas, com a cabeça envolta em uma echarpe de musselina; sua figura esbelta desenhava-se com graça e nitidez contra o céu claro; mas eu a fitava com um sentimento hostil. Já na noite anterior havia reparado nela um não sei quê de forçado, algo não muito natural... "Está querendo impressionar", pensei, "e para que isso? Para que esse truque infantil?" Como se adivinhasse meus pensamentos, ela de repente deitou-me um olhar rápido e penetrante, tornou a rir, pulou da muralha em dois saltos e, indo até a velhinha, pediu-lhe um copo d'água.

— Acha que estou com sede? — disse ela, dirigindo-se ao irmão. — Não: há flores aqui nas muralhas que precisam ser regadas sem falta.

Gáguin não respondeu. E ela, com o copo na mão, começou a escalar as ruínas com esforço; detinha-se de quando em quando e, curvando-se com uma solenidade cômica, derramava algumas gotas d'água que brilhavam intensamente ao sol. Seus movimentos eram muito encantadores, mas eu continuava irritado com ela, embora não pudesse deixar de me deliciar com sua leveza e agilidade. Em um lugar perigoso, soltou um grito forçado e depois caiu na gargalhada... Fiquei ainda mais irritado.

— Mas ela salta feito um cabrito — resmungou entredentes a velhinha, que por um momento deixara a meia de lado.

Por fim, Ássia esvaziou seu copo e voltou para junto de nós, saltitando com ar travesso. Um sorriso estranho franzia-lhe levemente as sobrancelhas, o nariz e os lábios. Os olhos negros pestanejavam de modo meio insolente, meio alegre.

"Acha meu comportamento inadequado", seu rosto parecia dizer, "pois que seja: sei que está encantado comigo."

— Bom trabalho, Ássia, bom trabalho — disse Gáguin baixinho.

De repente ela pareceu sentir vergonha, baixou as longas sobrancelhas e sentou-se discretamente ao nosso lado, com ar de culpada. Foi aí que, pela primeira vez, pude observar bem o seu rosto, o mais instável que eu já vira. Poucos instantes depois, já estava todo pálido e adquiria uma expressão compenetrada, quase tristonha; as feições em si pareceram-me maiores, mais simples e mais regulares. Ficou completamente calada. Demos uma volta em torno das ruínas (Ássia seguia-nos de perto) e deleitamo-nos com a vista. Aproximava-se a hora do almoço. Ao acertar a conta com a velhinha, Gáguin pediu mais uma caneca de cerveja e, voltando-se para mim, exclamou com um trejeito malicioso:

— À saúde da dama do seu coração!

— Então ele... Você tem mesmo essa dama? — Ássia perguntou de repente.

— E quem não a tem? — replicou Gáguin.

Ássia ficou pensativa por um instante; seu rosto tornou a se alterar, tornou a surgir nele um risinho provocante, quase insolente.

No caminho de volta, fez gracejos e riu ainda mais. Quebrou um ramo comprido, colocou-o sobre o ombro, como uma arma, e amarrou a echarpe na cabeça. Lembro-me de termos encontrado uma família numerosa de ingleses loiros e cheios de decoro; todos eles, como se cumprissem ordens, seguiram Ássia com seus olhos de vidro e uma expressão de frio assombro, mas ela, como que para desafiá-los, começou a cantar em voz alta. Ao chegar em casa, foi direto para o seu quarto e só apareceu para o jantar, trajando seu melhor vestido, penteada com esmero, toda apertada e de luvas. À mesa, portou-se de modo bastante cerimonioso, meio afetado, mal provou os pratos e tomou água num cálice. Era evidente que queria representar um novo papel diante de mim — o papel de *bárichnia*[14] bem-educada e refinada. Gáguin não a incomodava; com certeza estava acostumado a mimá-la em tudo. Só de vez em quando lançava-me um olhar cheio de bonomia, encolhendo ligeiramente os ombros, como se quisesse dizer: "É uma criança; seja indulgente". Assim que terminou o almoço, Ássia levantou-se, fez uma reverência e, pondo o chapéu, perguntou a Gáguin se podia ir à casa de *Frau* Luise.

— E desde quando você pede permissão? — perguntou ele com seu sorriso habitual, desta vez um tanto desconcertado. — Será que está entediada conosco?

— Não, mas ontem mesmo prometi a *Frau* Luise que lhe faria uma visita. Além do mais, acho que vocês dois ficarão melhor a sós: o senhor N. (apontou para mim) poderá lhe contar mais alguma coisa.

E saiu.

— *Frau* Luise — começou Gáguin, procurando evitar meu olhar — é viúva de um ex-burgomestre daqui, é uma boa velhinha, mas fútil. Apegou-se muito a Ássia. E Ássia adora fazer amizade com pessoas de nível social inferior. Já reparei: o motivo disso costuma ser sempre o orgulho. Eu a mimo muito, como pode ver — acrescentou ele, depois de uma pausa —, mas o que se há de fazer? Não consigo indispor-me com ninguém, e muito menos com ela. Eu *tenho* de ser indulgente com ela.

Fiquei calado. Gáguin mudou de assunto. Quanto mais o conhecia, mais fortemente apegava-me a ele. Logo o entendi. Era uma alma verdadeiramente russa, franca, honesta, simples, mas infelizmente um pouco indolente; faltava-lhe

---

[14] Moça de família nobre. (N. da T.)

tenacidade e fogo interior. Nele, a juventude não ardia como chama: irradiava uma luz serena. Era bastante encantador e inteligente, mas eu não conseguia imaginar o que seria dele quando amadurecesse. Tornar-se um artista... sem esforço constante e penoso ninguém se torna artista... E trabalhar para valer, pensava eu, olhando para os seus traços delicados, ouvindo a sua fala mansa — isso não!, pegar no pesado ele não vai, não conseguiria submeter-se. Mas era impossível não gostar dele: o coração sentia-se naturalmente atraído. Passamos umas quatro horas juntos, ora sentados no sofá, ora caminhando devagar diante da casa; e nessas quatro horas tornamo-nos definitivamente íntimos.

O sol se pôs, estava na minha hora de ir. Ássia ainda não havia voltado.

— Tem muita liberdade comigo! — disse Gáguin. — Quer que o acompanhe? A caminho, damos um pulo na casa de *Frau* Luise; perguntarei se está lá. Não é uma volta longa.

Descemos para a cidade e, seguindo por uma ruela estreita e sinuosa, detivemo-nos diante de uma casa com a largura de duas janelas e a altura de quatro andares. O segundo andar projetava-se para a rua mais do que o primeiro, e o terceiro e o quarto projetavam-se ainda mais que o segundo. Com seus entalhos antigos, as duas colunas grossas embaixo, o telhado de telhas pontiagudas e um sarilho em forma de bico que se projetava do sótão, a casa parecia um enorme pássaro corcunda.

— Ássia! — gritou Gáguin —, está aí?

Uma janelinha iluminada no terceiro andar rangeu e abriu-se, e nós avistamos a cabecinha escura de Ássia. Atrás dela espiava a cara desdentada e míope da velha alemã.

— Estou — disse Ássia, apoiando faceiramente os cotovelos no parapeito —, estou bem aqui. Toma, pega — acrescentou, jogando um ramo de gerânio para Gáguin —, faça de conta que sou a dama do seu coração.

Ássia

Frau Luise pôs-se a rir.

— N. está indo embora — replicou Gáguin —, quer se despedir de você.

— É mesmo? — perguntou Ássia. — Nesse caso, dê-lhe o meu ramo, que eu já volto.

Bateu a janela e pareceu dar um beijo em *Frau* Luise. Sem dizer nada, Gáguin estendeu-me o ramo. Em silêncio, coloquei-o no bolso, caminhei até a balsa e atravessei para o outro lado.

Lembro-me de voltar para casa sem pensar em nada, mas com um peso estranho no coração, quando de repente fui surpreendido por um perfume intenso, conhecido, mas raro na Alemanha. Parei e vi um pequeno canteiro de cânhamo perto da estrada. Seu cheiro de estepe recordou-me de imediato a minha terra natal e despertou-me na alma uma saudade profunda. Senti vontade de respirar o ar russo, de andar pela terra russa. "O que estou fazendo aqui? A troco de que estou vagando por uma terra estrangeira, entre estranhos?", exclamei, e o peso mortal que eu sentia no coração transformou-se subitamente numa inquietação amarga e pungente. Cheguei em casa num estado de espírito completamente diferente daquele da noite anterior. Sentia-me quase zangado e por um bom tempo não consegui me acalmar. Fora acometido por uma irritação que não conseguia entender. Por fim sentei-me e, lembrando-me de minha pérfida viúva (todos os meus dias terminavam com uma lembrança formal dessa dama), peguei um dos seus bilhetes. Mas nem cheguei a abri-lo; meus pensamentos logo tomaram outro rumo. Comecei a pensar... a pensar em Ássia. Veio-me à mente que, durante nossa conversa, Gáguin fizera menção a certas dificuldades que criavam obstáculos à sua volta à Rússia... "Será que é mesmo sua irmã?", pronunciei em voz alta.

Despi-me, deitei-me e tentei dormir; mas uma hora depois tornava a sentar-me na cama, com o cotovelo apoiado no travesseiro, e tornava a pensar na "caprichosa garota de riso forçado"... "Ela tem a compleição da pequena Galateia de Rafael na Farnesina", murmurei, "sim; e irmã de Gáguin ela não é..."

E o bilhete da viúva ficou intacto no chão, embranquecido sob os raios da lua.

V

Na manhã seguinte tornei a ir a L. Procurava assegurar-me de que era Gáguin quem eu queria encontrar, mas no fundo desejava ver o que Ássia tramaria, se outra vez faria "travessuras", como na véspera. Encontrei ambos na sala de estar, e, que coisa estranha! — talvez porque havia pensado muito na Rússia à noite e de manhã —, Ássia pareceu-me uma moça tipicamente russa, e moça simples, quase uma criada. Trajava um vestidinho velho, puxara os cabelos para trás das orelhas e estava sentada, imóvel, junto à janela, com um ar modesto e tranquilo, bordando num bastidor, como se nunca na vida houvesse feito outra coisa. Não disse quase nada, de tão absorta que estava em seu trabalho, e suas feições assumiam uma expressão tão comum, tão desimportante, que não pude deixar de me lembrar das Kátias e Machas que habitam os confins da nossa terra. Para rematar a semelhança, pôs-se a cantarolar "Mãezinha querida" a meia-voz.[15] Eu olhei para aquele rostinho pálido, abatido, lembrei-me dos devaneios da noite anterior e me condoí, não sei bem de quê. O tempo estava magnífico. Gáguin anunciou que ia desenhar ao ar livre; perguntei-lhe se me permitia que o acompanhasse, se não o iria atrapalhar.

[15] "Mátuchka Golúbuchka", canção popular russa. (N. da T.)

— Pelo contrário — replicou —, poderá me dar bons conselhos.

Ele vestiu um chapéu redondo à Van Dyck, uma blusa, pôs o papel de desenho debaixo do braço e saiu; eu o segui sem pressa. Ássia ficou em casa. Ao sair, Gáguin lhe pediu para cuidar da sopa, para que não ficasse muito rala; Ássia prometeu-lhe que iria à cozinha. Gáguin chegou ao vale que eu já conhecia, sentou-se numa pedra e começou a desenhar um velho carvalho oco com galhos frondosos. Deitei-me na grama e peguei um livro. Mas não cheguei a ler nem duas páginas e, quanto a ele, só fez rabiscar o papel — passamos o tempo todo debatendo e, pelo que posso julgar, travamos uma discussão deveras inteligente e sutil sobre como, exatamente, era preciso trabalhar, o que se devia evitar, a que se agarrar e, sobretudo, qual era o significado do artista no nosso século. Por fim, Gáguin chegou à conclusão de que "não estava inspirado" e deitou-se ao meu lado, e foi aí que a nossa conversa juvenil fluiu livremente, ora calorosa, ora reflexiva, ora arrebatada, embora quase vaga, aquela conversa pela qual o russo de bom grado deixa-se levar. Depois de tagarelar à vontade e nos sentirmos cheios de satisfação, como se tivéssemos feito algo, conseguido alguma proeza, voltamos para casa. Encontrei Ássia exatamente como a deixara; e por mais que tentasse observá-la, não percebi nela a menor sombra de coquetismo, o menor indício de estar representando um papel; dessa vez não podia acusá-la de falta de naturalidade.

— A-há! — disse Gáguin —, resolveu jejuar e fazer penitência.

À noitinha bocejou várias vezes, sem disfarçar, e recolheu-se cedo. Eu mesmo logo me despedi de Gáguin e, ao voltar para casa, já não me entregava a nenhum devaneio: o dia havia deixado sensações sóbrias. Lembro-me entretanto de que, ao deitar-me, disse em voz alta, involuntariamente:

— Que camaleão é essa garota! — E, depois de pensar um pouco, acrescentei: — De qualquer modo, irmã de Gáguin ela não é.

VI

Passaram-se duas semanas. Eu visitava os Gáguin todos os dias. Ássia parecia evitar-me, mas já não se permitia nenhuma daquelas travessuras que tanto me haviam surpreendido nos dois primeiros dias em que nos conhecemos. Dava a impressão de, no íntimo, estar amargurada ou perturbada; até ria menos. Eu a observava com curiosidade.

Ela falava francês e alemão muito bem; mas em tudo se percebia que desde a infância faltaram-lhe os cuidados de uma mulher e que recebera uma educação estranha, singular, que nada tinha em comum com a do próprio Gáguin. Apesar de seu chapéu à Van Dyck e da blusa, percebia-se nele um ar de grão-russo nobre e delicado, meio mimado, ao passo que ela não se parecia com uma *bárichnia*; em todos os seus movimentos havia certa inquietação: aquela planta silvestre fora enxertada há pouco, aquele vinho ainda fermentava. Envergonhada e tímida por natureza, ela se incomodava com o próprio acanhamento e, irritada com isso, não media esforços para mostrar-se desenvolta e audaciosa, o que nem sempre conseguia. Várias vezes puxei conversa com ela sobre sua vida na Rússia, seu passado: respondia a contragosto às minhas indagações; soube, porém, que antes de partir para o exterior vivera muito tempo no campo. Certa vez a surpreendi sozinha, entregue à leitura. Com a cabeça apoiada em ambas as mãos e os dedos profundamente enfiados nos cabelos, devorava as linhas com os olhos.

— Bravo! — disse eu, aproximando-me dela —, como é aplicada!

Ela ergueu a cabeça e fitou-me com um severo ar de importância.

— Acha que só sei rir? — disse, pronta para se retirar.

Dei uma espiada no título do livro: era um romance francês qualquer.

— Contudo, não posso elogiar sua escolha — observei.

— O que ler então!? — exclamou ela e, atirando o livro sobre a mesa, acrescentou: — Pois é melhor eu me fazer de tonta — e correu para o jardim.

Nesse mesmo dia, à noitinha, li para Gáguin *Hermann e Doroteia*.[16] A princípio Ássia ficou o tempo todo correndo para lá e para cá perto de nós; depois parou de repente, apurou os ouvidos, sentou-se silenciosamente ao meu lado e ouviu a leitura até o fim. No dia seguinte, outra vez não a reconheci, até que adivinhei o que lhe passava pela cabeça: ser uma boa dona de casa, ponderada como Doroteia. Em suma, parecia-me uma criatura meio enigmática. Com seu orgulho exacerbado, atraía-me até mesmo quando eu estava irritado com ela. Só de uma coisa eu ficava cada vez mais convencido: justamente de que não era irmã de Gáguin. O modo como ele a tratava não era o de um irmão: era afetuoso demais, indulgente demais, e ao mesmo tempo havia certo constrangimento.

Um estranho acaso parece ter vindo confirmar minhas suspeitas.

Uma tarde, ao aproximar-me do vinhedo onde residiam os Gáguin, encontrei a porteira fechada. Sem pensar muito, fui até um lugar que já havia notado antes, em que a cerca estava rompida, e saltei para o outro lado. Perto desse lugar, apartado do caminho, havia um pequeno caramanchão de acácias; eu já o havia alcançado e teria passado direto...

---

[16] Poema épico de Goethe, escrito em 1798. (N. da T.)

quando fui surpreendido pela voz de Ássia, que pronunciava com ardor e em meio a lágrimas as seguintes palavras:

— Não, não quero amar ninguém além de você, não, não, só você eu quero amar, e para sempre.

— Basta, Ássia, acalme-se — dizia Gáguin —, você sabe que acredito em você.

Suas vozes ressoavam no caramanchão. Avistei-os através do emaranhado meio ralo dos galhos. Não me notaram.

— Você, só você — repetia ela, atirando-se ao pescoço dele, e num pranto convulsivo começou a beijá-lo, aconchegando-se ao seu peito.

— Basta, basta — repetia ele, passando a mão levemente em seus cabelos.

Por alguns instantes fiquei imóvel... Então estremeci. "Devo ir ter com eles?... Por nada no mundo!", veio-me subitamente à cabeça. A passos rápidos voltei para a cerca, saltei para a estrada e fui para casa quase correndo. Sorria, esfregava as mãos, estava surpreso com o acaso, que vinha inesperadamente confirmar minhas suspeitas (não duvidei por um instante sequer de sua veracidade), e assim mesmo sentia muita mágoa no coração. "No entanto", pensava, "como sabem dissimular! Mas a troco de quê? Que necessidade tinham de me enganar? Não esperava isso dele... E que declaração sentimental foi aquela?"

VII

Dormi mal e na manhã seguinte levantei-me cedo, atei uma mochila de acampamento às costas e, depois de comunicar à minha senhoria que não me esperasse à noite, saí a pé para as montanhas, em direção à nascente do rio, onde fica a cidadezinha de S. Essas montanhas, ramificações de uma cordilheira chamada Dorso de Cão (Hunsrück), são muito curiosas do ponto de vista geológico; são impressionantes sobretudo pela regularidade e pureza das camadas de basalto, mas eu não estava para observações geológicas. Não entendia o que estava acontecendo comigo; só um sentimento estava claro: o desejo de não ver os Gáguin. Tentava convencer-me de que o único motivo da minha repentina antipatia por eles fora a irritação provocada por aquele ardil. Quem os obrigava a fazer-se passar por parentes? Aliás, tentava não pensar neles; vagava sem pressa pelas montanhas e vales, passava horas sentado nas tavernas da aldeia, conversando sossegadamente com os senhorios e os hóspedes, ou então deitava-me numa pedra plana aquecida pelo sol e ficava olhando as nuvens flutuarem, pois o tempo estava magnífico. Passei três dias ocupado com isso, e não sem prazer — apesar de às vezes sentir um aperto no coração. A disposição dos meus pensamentos estava em perfeita sintonia com a natureza tranquila daqueles confins.

Entreguei-me completamente ao suave jogo do acaso, às impressões fugazes; sucedendo-se sem pressa, elas penetravam-me a alma, deixando ali por fim uma sensação geral, na qual se fundia tudo o que vi, senti e ouvi naqueles três dias — tudo: a delicada fragrância de resina na floresta, o canto e a batida dos pica-paus, o marulho contínuo dos regatos límpidos com trutas variegadas no fundo arenoso, os contornos não muito acentuados das montanhas, os rochedos sombrios, as aldeolas limpinhas com antigas árvores e igrejas veneráveis, as cegonhas nos prados, os moinhos aconchegantes com rodas que giravam com agilidade, o semblante hospitaleiro dos aldeões, seus camisões azuis e meias cinzentas, as carroças lentas e rangentes atreladas a cavalos gordos e às vezes a vacas, jovens de cabelos longos transitando por estradas limpas, ladeadas de macieiras e pereiras silvestres...

Mesmo agora sinto prazer em recordar as impressões daqueles dias. Saudações a você, discreto recanto da terra germânica, com seu conforto despretensioso, com seus vestígios onipresentes de mãos diligentes, de um trabalho perseverante, embora vagaroso... A você, saudações e paz!

Cheguei em casa bem no fim do terceiro dia. Esqueci-me de dizer que, em minha irritação com os Gáguin, tentei ressuscitar em meu íntimo a imagem da viúva de coração cruel; mas meus esforços foram em vão. Lembro-me de que, quando comecei a sonhar com ela, vi diante de mim uma garotinha camponesa de uns cinco anos, de rostinho redondo curioso e olhinhos inocentemente esbugalhados. Fitava-me de um jeito tão cândido e infantil... Senti-me envergonhado diante de seu olhar puro, não queria mentir na sua presença e imediatamente, de uma vez por todas, disse adeus à minha antiga namorada.

Em casa encontrei um bilhete de Gáguin. Ficara surpreso com minha decisão inesperada, censurava-me por não tê-lo levado comigo e pedia que eu fosse à sua casa assim que voltasse. Li o bilhete com desagrado, mas já no dia seguinte me dirigi a L.

VIII

Gáguin recebeu-me amigavelmente, cobrindo-me de censuras afetuosas, mas Ássia, como que de propósito, assim que me viu, desatou a rir sem qualquer motivo e, como era seu costume, fugiu imediatamente. Gáguin ficou desconcertado; depois murmurou que ela devia estar louca e pediu-me que a desculpasse. Confesso que fiquei muito aborrecido com Ássia; eu já não estava me sentindo à vontade, e lá vem ela com seu riso forçado, seus estranhos trejeitos. No entanto, fiz de conta que não percebera nada e comecei a relatar a Gáguin os detalhes da minha pequena viagem. Ele me contou o que fizera em minha ausência. Mas a conversa não fluía; Ássia entrou na sala e tornou a sair correndo; por fim, declarei que tinha um trabalho urgente e que era hora de voltar para casa. Gáguin a princípio tentou me segurar; depois, deitando-me um olhar atento, ofereceu-se para me acompanhar. Na entrada, Ássia aproximou-se de repente de mim e estendeu-me a mão; apertei-lhe ligeiramente os dedos e mal fiz-lhe uma reverência. Gáguin e eu atravessamos juntos o Reno e, ao passar por meu freixo predileto, que tinha a estatueta da Madona, sentamo-nos um pouco no banco para apreciar a vista. Ali tivemos uma conversa fascinante.

A princípio trocamos algumas palavras; depois ficamos em silêncio, olhando para o rio límpido.

— Diga-me — começou subitamente Gáguin, com seu sorriso habitual —, que opinião tem sobre Ássia? Ela deve parecer-lhe um pouco estranha, não é verdade?

— Sim — respondi com certa perplexidade. Não esperava que fosse falar dela.

— É preciso conhecê-la bem para julgá-la — disse ele —, tem um coração muito bom, mas a cabeça é danada. É difícil lidar com ela. Aliás, não se pode culpá-la, e se conhecesse sua história...

— Sua história? — interrompi-o. — Mas ela não é sua... Gáguin olhou-me.

— Não estará pensando que não somos irmãos?... Não — continuou ele, sem dar importância ao meu embaraço —, ela é realmente minha irmã, é filha de meu pai. Ouça-me. Confio em você e vou lhe contar tudo.

— Meu pai era um homem extremamente bom, inteligente, culto... e infeliz. O destino não lhe foi pior do que a muitos outros; mas ele não conseguiu suportar sequer seu primeiro golpe. Casou-se cedo, por amor; sua mulher, minha mãe, morreu logo depois. Eu a perdi aos seis meses. Meu pai me levou para o campo e ficou doze anos inteiros sem viajar para lugar nenhum. Ele mesmo se encarregou da minha educação e nunca teria se separado de mim se o seu irmão, meu tio, não tivesse ido ao campo nos visitar. Esse meu tio residiu sempre em Petersburgo e ocupava um cargo muito importante. Ele convenceu meu pai a entregar-me a seus cuidados, já que por nada no mundo meu pai aceitaria abandonar o campo. Meu tio mostrou-lhe que era prejudicial para um menino da minha idade viver no mais completo isolamento, que com um preceptor sempre tão tristonho e taciturno como meu pai eu acabaria fatalmente ficando atrás dos outros meninos da minha idade, e mais, o meu próprio temperamento poderia ser afetado. Meu pai resistiu às admoestações do irmão por um bom tempo, mas acabou cedendo. Chorei ao separar-me de meu pai; eu o amava, embora jamais tivesse visto um sorriso em seu rosto... mas ao ver-me em Petersburgo, logo me esqueci do nosso lar sombrio e sem alegria. Ingressei na escola de cadetes e de lá passei para o regimento da guarda. Ia todos os anos ao campo por algumas semanas e encontrava meu pai cada vez mais triste, ensimesmado, contemplativo a ponto de tornar-se tímido. Ia todos os dias à igreja e quase desaprendera a falar. Em uma de minhas visitas (já tinha mais de vinte anos), vi pela primeira vez em nossa casa uma garota de uns dez anos, magrinha, de olhos negros: Ássia. Meu pai disse que era órfã e que a tinha pego para criar — foi exatamente assim que ele se expressou. Não lhe dei muita atenção; era calada, ágil e arisca como um bichinho do mato, e assim que eu entrava no aposento preferido de meu pai, o quarto enorme e escuro onde falecera minha mãe e onde as velas ficavam acesas até mesmo durante o dia, ela ia imediatamente esconder-se atrás da poltrona Voltaire ou do armário de livros. Aconteceu que, nos três ou quatro anos seguintes, os deveres do ofício impediram-me de ir ao campo. Todo mês eu recebia uma carta breve de meu pai; ele raramente mencionava Ássia, e ainda assim de passagem. Já tinha mais de cinquenta anos, mas

Ássia

parecia jovem ainda. Imagine então o meu espanto: de repente eu, que de nada suspeitava, recebo uma carta em que o administrador informava-me da doença grave de meu pai e implorava-me que partisse o mais rápido possível se quisesse despedir-me dele. Pus-me a galope feito um louco e encontrei meu pai ainda com vida, mas já nos últimos suspiros. Ele ficou extremamente contente, estreitou-me em seus braços emagrecidos, olhou-me demoradamente nos olhos, com um olhar meio perscrutador, meio de súplica, e, ao arrancar de mim a promessa de que realizaria o seu último pedido, ordenou ao velho criado de quarto que trouxesse Ássia. O velho a trouxe: ela mal se mantinha de pé e seu corpo todo tremia.

"Aqui está", disse meu pai com esforço, "deixo-lhe como herança a minha filha — sua irmã. Iákov lhe contará tudo", acrescentou ele, apontando para o criado.

Ássia começou a soluçar e caiu de bruços na cama... Meia hora depois, meu pai faleceu.

Eis o que soube. Ássia era filha de meu pai e da antiga camareira de minha mãe, Tatiana. Tenho uma lembrança vívida dessa Tatiana, lembro-me de sua figura alta e esguia, do seu rosto regular, agradável, inteligente, dos seus olhos grandes e escuros. Tinha fama de ser uma moça orgulhosa e inacessível. Pelo que pude depreender das respeitosas insinuações de Iákov, meu pai unira-se a ela alguns anos depois da morte de minha mãe. Nessa época Tatiana já não residia na casa senhorial, mas na isbá de uma irmã casada, que cuidava das vacas. Meu pai apegara-se muito a ela e, após minha partida do campo, até quis casar-se, mas ela recusou tornar-se sua esposa, apesar dos pedidos insistentes.

"A falecida Tatiana Vassílievna", assim me relatou Iákov, de pé à porta e com as mãos atrás das costas, "era muito sensata em tudo e não queria ofender seu pai. 'Que tipo de esposa, dizia, eu poderia ser para o senhor? Eu lá sou alguma *bárichnia*?' Era assim que se dignava a falar, e falava na minha presença, meu senhor."

Tatiana nem mesmo quis mudar-se para a nossa casa, e continuou a viver com Ássia na casa da irmã. Em minha infância, eu via Tatiana apenas nos dias santos, na igreja. Com a cabeça envolta num lenço escuro e um xale amarelo nos ombros, ficava no meio da multidão, perto da janela — seu perfil severo sobressaía com nitidez no vidro transparente —, e rezava com um ar ao mesmo tempo de humildade e importância, curvando-se com reverência, à moda antiga. Quando meu tio me levou embora, Ássia tinha apenas dois anos, e aos nove perdeu a mãe.

Assim que Tatiana faleceu, meu pai levou Ássia para a sua casa. Antes mesmo ele já havia manifestado o desejo de tê-la a seu lado, mas até isso Tatiana lhe recusava. Imagine então o que deve ter se passado com Ássia quando a levaram para a casa do *bárin*. Ela até hoje não consegue esquecer o momento em que pela primeira vez puseram-lhe um vestido de seda e beijaram-lhe a mãozinha. A mãe, enquanto vivia, a criava com muito rigor; com o pai, passou a gozar de plena liberdade. Ele era seu professor; além dele, ela não via mais ninguém. Ele nunca a mimou, isto é, não era de se desfazer em cuidados, mas amava-a com paixão e nunca a proibia de nada: no íntimo, considerava-se culpado perante ela. Ássia logo percebeu que era a personagem principal da casa, ela sabia que o *bárin* era seu pai; mas compreendeu com igual rapidez que a posição em que se encontrava era ambígua; o orgulho se desenvolveu nela com grande força, e também a desconfiança; os maus hábitos criaram raízes e a simplicidade desapareceu. Queria (ela própria confessou-me certa vez) forçar *o mundo inteiro* a esquecer sua origem; envergonhava-se, a um só tempo, de sua mãe e da vergonha que sentia por ela, tendo-lhe também admiração. Como vê, ela sabia e sabe muitas coisas que não deveria saber nessa idade... Mas que

Ássia   35

culpa tem? O vigor da juventude começava a irromper, fervia-lhe o sangue, e não havia por perto uma mão sequer para conduzi-la. Independência absoluta em tudo! Mas será que lhe era fácil suportá-la? Não queria ser inferior às outras *bárichnias*; debruçou-se nos livros. Que utilidade poderia extrair disso? Uma vida que começara torta continuaria torta, mas o coração não se deixou corromper e a razão permaneceu incólume.

E eis que eu, um rapaz de vinte anos, vejo-me de repente com uma garotinha de treze anos nas mãos! Nos primeiros dias após a morte de meu pai, bastava o som de minha voz para que ela tivesse acessos de febre, minhas carícias deixavam-na angustiada, e foi só aos poucos, gradualmente, que ela se acostumou comigo. É verdade que depois, quando se convenceu de que eu realmente a reconhecia como irmã e a amava como irmã, apegou-se profundamente a mim: em seus sentimentos nunca existe meio-termo.

Eu a levei para Petersburgo. Por mais dolorido que fosse separar-me dela, não podíamos de modo algum viver juntos; instalei-a num dos melhores internatos. Ássia compreendeu a necessidade da nossa separação, mas logo ficou doente e quase morreu. Depois acabou se acostumando e aguentou o internato por quatro anos; entretanto, contrariando minhas expectativas, seguiu sendo praticamente a mesma de antes. A diretora do internato vivia queixando-se dela: "Castigá-la não se pode", dizia-me, "mas aos carinhos também não cede". Ássia era muito esperta, aprendia com mais facilidade que todas as outras, mas não queria de jeito nenhum colocar-se no mesmo nível das demais, teimava, fazia ares de poucos amigos... Eu não podia culpá-la muito: em sua situação, teria de esquivar-se ou submeter-se. De todas as suas colegas, só se dava bem com uma moça pobre, feiosa e acuada. As demais *bárichnias* com as quais estudava, a maior parte de boas famílias, não gostavam dela, insultavam-na e espicaçavam-na o quanto podiam; Ássia não cedia a elas nem um milímetro. Certa vez, numa aula sobre as leis de Deus, o professor começou a falar sobre vícios. "A adulação e a covardia são os piores vícios", disse ela em voz alta. Em suma, continuava trilhando seu próprio caminho, apenas suas maneiras haviam se tornado melhores; embora também nesse aspecto parece não ter feito grande progresso.

Enfim completou dezessete anos; não era possível permanecer no internato. Eu me encontrava numa situação bastante embaraçosa. De repente ocorreu-me uma boa ideia: pedir afastamento, ir para o exterior por um ano ou dois e levar Ássia comigo. Dito e feito, e cá estamos, às margens do Reno, onde procuro dedicar-me à pintura, enquanto ela... faz travessuras e estripulias, como antes. E agora espero que não passe a julgá-la com muito rigor. Quanto a ela, embora finja não se importar com nada, dá muito valor à opinião dos outros, e à sua, em particular.

E Gáguin tornou a sorrir com seu sorriso meigo. Apertei-lhe a mão calorosamente.

— É isso — recomeçou ele —, mas eu temo por ela. É como pólvora. Até agora não sentiu atração por ninguém, mas será uma desgraça quando vier a se apaixonar! Às vezes não sei como tratá-la. Um dia desses, veja só o que foi inventar: de repente começou a querer me convencer de que eu havia me tornado mais frio do que antes com ela e de que ela amava só a mim e para sempre amaria só a mim... E chorava tanto ao dizê-lo...

"Então foi isso que...", estava prestes a dizer, mas mordi a língua.

— Mas diga uma coisa — perguntei a Gáguin, nossa conversa fora tão franca —, será realmente possível que até agora não tenha sentido atração por ninguém? Em Petersburgo mesmo, não teve contato com jovens?

— Estes não lhe agradaram absolutamente. Não, Ássia

precisa de um herói, de uma pessoa fora do comum. Ou de um pastor pitoresco no desfiladeiro de uma montanha. Aliás, esqueci-me do tempo conversando com você e acabei por detê-lo — acrescentou, pondo-se de pé.

— Sabe de uma coisa? — comecei —, vamos para a sua casa, não sinto vontade de ir para a minha.

— E o seu trabalho?

Não respondi; Gáguin esboçou um sorriso afável, e voltamos para L. Ao avistar o conhecido vinhedo e a casinha branca no alto da colina, senti uma espécie de doçura — exatamente, uma doçura no coração; como se nele, às escondidas de mim, tivessem derramado mel. Sentia-me aliviado depois da história de Gáguin.

IX

Ássia veio nos receber na entrada da casa. Outra vez eu esperava risos, mas ela veio ao nosso encontro toda pálida e calada, com os olhos baixos.

— Ei-lo de novo — disse Gáguin —, e veja que ele mesmo quis voltar.

Ássia lançou-me um olhar interrogativo. De minha parte, estendi-lhe a mão, e dessa vez apertei fortemente os seus dedinhos frios. Tive muita pena dela; agora compreendia muitas coisas que antes me tiravam do sério: sua agitação interior, a incapacidade de se conter, a necessidade de se exibir — ficou tudo muito claro para mim. Perscrutei-lhe a alma: vivia sufocava por uma opressão dissimulada, o orgulho inexperiente debatia-se em confusão, ansioso, mas todo o seu ser precipitava-se para a verdade. Compreendi por que essa menininha estranha me atraía; não era apenas a atração pelo encanto semisselvagem que transbordava de todo o seu corpo delicado: era a sua alma que me agradava.

Gáguin começou a escarafunchar seus desenhos, e eu convidei Ássia para passear pelo vinhedo. Ela concordou imediatamente, com uma prontidão alegre e quase submissa. Descemos até a metade da colina e sentamo-nos numa laje larga.

— Não ficou entediado longe de nós? — começou Ássia.

— E sem mim, ficaram entediados? — indaguei.

Ássia lançou-me um olhar de esguelha.

— Sim — respondeu ela. — Estava bom nas montanhas? — disse logo em seguida. — São altas? Mais altas que as nuvens? Conte o que viu. Estava contando ao meu irmão, mas eu não escutei.

— Mas você saiu porque quis — observei.

— Saí... porque... Mas agora não sairei mais — acrescentou ela com uma meiguice confiante na voz. — Você estava zangado hoje.

— Eu?

— Sim.

— Ora, e por que...

— Não sei, mas estava zangado e foi embora zangado. Fiquei muito contrariada por ter ido embora assim, e estou contente que tenha voltado.

— Também estou contente por ter voltado — disse eu.

Ássia encolheu os ombros como as crianças costumam fazer quando se sentem bem.

— Ah, eu sou boa em adivinhar! — continuou. — Às vezes, só pelo modo de tossir, eu sabia se meu paizinho, do outro quarto, estava ou não contente comigo.

Até esse dia Ássia não havia me falado nenhuma vez de seu pai. Isso me deixou surpreso.

— Gostava de seu pai? — perguntei e, de repente, para meu grande aborrecimento, senti-me corar.

Ela não respondeu e também corou. Ficamos os dois em silêncio. Ao longe, um barco a vapor deslizava fumegante pelo Reno. Ficamos a observá-lo.

Ássia

— Por que não me conta algo? — sussurrou Ássia.

— Por que desatou a rir hoje assim que me viu? — perguntei.

— Nem eu mesma sei. Às vezes tenho vontade de chorar e rio. Não deve me julgar... pelas coisas que faço. Ah, e que história aquela de Lorelei! É o rochedo dela que dá para ver? Dizem que antes afogava todos, mas, quando se apaixonou, ela própria se jogou na água.[17] Gosto dessa história. *Frau* Luise me conta histórias de todo tipo. *Frau* Luise tem um gato preto de olhos amarelos...

Ássia ergueu a cabeça e balançou os cachos.

— Ah, estou me sentindo bem — disse ela.

Nesse instante, chegaram-nos uns sons monótonos e entrecortados. Centenas de vozes repetiam juntas e com pausas cadenciadas um cântico religioso: uma multidão de devotos movia-se lentamente lá embaixo, pela estrada, com cruzes e estandartes.

— Gostaria de poder ir com eles — disse Ássia, atenta às explosões de vozes que aos poucos iam arrefecendo.

— É assim tão devota?

— Ir a algum lugar distante, para rezar, para realizar um feito penoso — continuou ela. — Caso contrário, os dias passam, a vida acaba, e o que nós fizemos?

— É ambiciosa — notei —, não quer viver sem propósito, quer deixar pegadas...

— E será que isso é impossível?

"Impossível", estive a ponto de repetir... Mas olhei para os seus olhos luminosos e limitei-me a dizer:

— Pois tente.

— Diga — começou ela, após um breve silêncio, duran-

---

[17] O rochedo Lorelei, em Sankt Goarshausen, no Reno, eleva-se 132 metros acima do mar, com grande perigo para os navios. O enredo dessa lenda foi abordado por muitos poetas românticos alemães. (N. da T.)

te o qual algumas sombras correram pelo seu rosto, que já havia empalidecido —, gostava muito daquela dama? Lembra-se de que meu irmão bebeu à saúde dela nas ruínas, um dia depois que nos conhecemos?

Soltei um riso.

— Seu irmão estava brincando. Não havia nenhuma dama que me agradasse. Agora, ao menos, nenhuma me agrada.

— E o que lhe agrada numa mulher? — perguntou Ássia, jogando a cabeça para trás com uma curiosidade ingênua.

— Que pergunta esquisita! — exclamei.

Ássia ficou um tanto sem jeito.

— Não devia ter feito essa pergunta, não é verdade? Perdoe-me, estou acostumada a tagarelar sobre tudo o que me vem à cabeça. É por isso que chego a ter medo de falar.

— Fale, pelo amor de Deus, não tenha medo — repliquei —, estou tão contente por finalmente ter deixado de se esquivar.

Ássia baixou os olhos e pôs-se a rir com um riso calmo e suave. Um riso que eu não conhecia.

— Pois então conte — continuou ela, alisando a barra do vestido e ajeitando-o sobre as pernas, como se fosse continuar sentada por muito tempo —, conte ou leia alguma coisa, como leu para nós trechos do *Oniéguin*,[18] lembra-se?...

Súbito ficou pensativa:

Onde estão agora a cruz e a sombra ramada?
Sobre minha mãe, coitada!

— proferiu a meia-voz.[19]

---

[18] *Ievguêni Oniéguin* (1837), de Púchkin, romance em versos cuja heroína se chama Tatiana. (N. da T.)

[19] Ássia parafraseia versos do capítulo 8 de *Ievguêni Oniéguin*: "Sobre minha babá, coitada". (N. da T.)

— Em Púchkin não é assim — comentei.

— Eu queria ser a Tatiana — continuou com o mesmo ar contemplativo. — Conte — repetiu com vivacidade.

Mas eu não me sentia com disposição para contar histórias. Olhei para ela, toda banhada por um raio de sol brilhante, toda tranquila e dócil. Tudo resplandecia alegremente ao redor, abaixo e acima de nós — o céu, a terra, as águas; até o ar parecia saturado de brilho.

— Veja como é lindo! — disse eu, baixando sem querer a voz.

— Sim, é lindo! — respondeu, também baixinho, sem olhar para mim. — Se eu e você fôssemos pássaros... poderíamos levantar voo e sair voando... E poderíamos mergulhar nesse céu azul... Mas não somos pássaros.

— Mas podemos criar asas — retruquei.

— Como?

— Viva e verá. Há sentimentos que nos tiram do chão. Não se preocupe, ainda terá asas.

— Já as teve?

— Não sei dizer... Acho que até agora ainda não voei.

Ássia tornou a ficar pensativa. Inclinei-me ligeiramente para ela.

— Você sabe valsar? — perguntou de repente.

— Sei — respondi, um tanto desconcertado.

— Então vamos, vamos... Pedirei a meu irmão que toque uma valsa para nós... Faremos de conta que estamos voando, que criamos asas.

Ela correu para casa. Corri atrás dela — e alguns instantes depois estávamos rodopiando na sala apertada ao doce som de Lanner. Ássia valsava maravilhosamente. Algo suave e feminino transpareceu repentinamente em sua fisionomia severa e casta. Por muito tempo depois minha mão sentiu ainda o toque de seu corpo delicado, por muito tempo pôde ouvir sua respiração próxima, acelerada, por muito tempo

pareceu-me ver aqueles olhos escuros, imóveis, quase fecha-
dos, no rosto pálido, mas vívido, delineado com nitidez pelas
madeixas dos cabelos.

X

Esse dia não poderia ter sido melhor. Nós nos divertimos
como crianças. Ássia estava encantadora e simples. Gáguin
deleitava-se olhando para ela. Fui embora tarde. Ao alcan-
çarmos o meio do Reno, pedi ao barqueiro que deixasse o
barco descer ao sabor da corrente. O velho ergueu os remos
e o majestoso rio nos conduziu. Olhando ao redor, escutan-
do, recordando, de repente comecei a sentir uma palpitação
secreta no coração... Ergui os olhos para o céu — mas nem
no céu havia tranquilidade: salpicado de estrelas, ele se agi-
tava todo, movia-se, estremecia; inclinei-me para o rio... e
mesmo ali, mesmo naquela profundeza fria e escura, as estrelas também tremeluziam e vibravam; parecia-me ver uma
animação inquietante por todo lado — e a inquietação ia to-
mando conta de mim. Apoiei os cotovelos na borda do barco... O sussurro do vento em meus ouvidos, o marulho bran-
do da água atrás da popa, tudo me exasperava; nem a brisa
fresca das ondas servia-me de conforto; um rouxinol começou a cantar na margem e contagiou-me com o doce veneno
dos seus sons. Lágrimas marejaram-me os olhos, mas não
eram lágrimas de um êxtase infundado. O que eu sentia não
era aquela sensação angustiante, recentemente experimenta-
da, dos desejos que a tudo abarcam, quando a alma se ex-
pande e ressoa, quando lhe parece tudo compreender e tudo
amar... Não! O que despertou em mim foi uma sede de felicidade. Ainda não ousava chamá-la pelo nome — mas era
felicidade, uma felicidade que sacia — era isso o que eu queria, era por isso que eu ansiava... O barco continuava a des-

lizar, e o velho barqueiro, sentado, cochilava curvado sobre os remos.

XI

Ao dirigir-me no dia seguinte à casa dos Gáguin, eu não me perguntava se estaria apaixonado por Ássia. Mas pensava muito nela; preocupava-me com seu destino, alegrava-me com nossa aproximação inesperada. Sentia que só começara mesmo a conhecê-la no dia anterior; até então, ela vivia se esquivando. E eis que quando ela finalmente se revelou para mim, com que luz cativante sua imagem se iluminou, como era nova para mim, que encantos secretos deixava timidamente transparecer...

Caminhava bem-disposto pela estrada tão familiar, sem despregar os olhos da casinha caiada, ao longe; não era apenas no futuro — eu não pensava nem mesmo no dia seguinte, sentia-me muito bem.

Ássia enrubesceu quando entrei na sala; percebi que tornara a se enfeitar, mas a expressão do rosto não combinava com o traje: estava triste. E eu havia chegado tão contente! Chegou a me parecer que ela, como era seu costume, estava prestes a sair correndo, mas fez um esforço sobre-humano e ficou. Gáguin achava-se possuído por aquele estado peculiar de exaltação e esplendor artísticos que, como uma espécie de fúria, subitamente se apodera dos amadores quando imaginam ter conseguido, como eles próprios dizem, "agarrar a natureza pelo rabo". De pé, todo desgrenhado e manchado de tinta diante de uma tela esticada, agitando largamente o pincel sobre ela, acenou-me com a cabeça, com ar quase furioso, afastou-se, estreitando os olhos, e tornou a mergulhar em seu quadro. Não queria incomodá-lo e fui sentar-me junto de Ássia. Seus olhos escuros se voltaram lentamente para mim.

— Nem parece a mesma de ontem — observei, após esforços inúteis para arrancar-lhe um sorriso dos lábios.

— E não sou mesmo — respondeu ela, com uma voz lenta e abafada. — Mas não é nada. Dormi mal, passei a noite toda pensando.

— Em quê?

— Ah, pensei em muitas coisas. Tenho esse costume desde a infância: desde a época em que ainda vivia com minha mãezinha...

Pronunciou essa palavra com esforço e depois a repetiu mais uma vez:

— Quando vivia com minha mãezinha... costumava pensar: por que será que ninguém tem como saber o que vai lhe acontecer no futuro? E às vezes até percebemos o mal, só que não podemos escapar dele. E por que não podemos nunca dizer toda a verdade?... Depois eu achava que não sabia nada, que precisava aprender. Preciso me reeducar, tive uma educação ruim. Não sei tocar piano, não sei desenhar e não bordo nada bem. Não tenho nenhuma habilidade, minha companhia deve ser muito entediante.

— Está sendo injusta com você mesma — retruquei. — Leu bastante, é culta, e com sua inteligência...

— Eu sou inteligente? — perguntou ela, com uma curiosidade tão ingênua que eu me pus a rir sem querer, mas ela sequer sorriu. — Meu irmão, eu sou inteligente? — perguntou a Gáguin.

Ele nada respondeu e continuou a trabalhar, trocando de pincel o tempo todo e erguendo a mão até o alto.

— Às vezes nem eu sei o que tenho na cabeça — continuou Ássia com o mesmo ar pensativo. — Às vezes tenho medo de mim, juro por Deus. Ah, eu gostaria... É mesmo verdade que as mulheres não devem ler muito?

— Muito não é necessário, mas...

— Diga, o que devo ler? Diga, o que devo fazer? Farei

tudo o que me disser — acrescentou, dirigindo-se a mim com uma credulidade ingênua.

Não atinei de imediato o que dizer.

— Minha companhia não vai mesmo entediá-lo?

— Que absurdo... — comecei eu.

— Então, obrigada! — retrucou Ássia. — E eu que achava que iria entediá-lo.

E sua mãozinha quente apertou calorosamente a minha.

— N.! — gritou Gáguin nesse instante. — Esse fundo está muito escuro?

Fui ter com ele. Ássia levantou-se e retirou-se.

XII

Ela voltou uma hora depois, parou diante da porta e acenou para mim com a mão.

— Ouça — disse —, se eu morresse, iria ficar triste por mim?

— Que ideia essa sua, hoje! — exclamei.

— Imagino que vou morrer logo; às vezes me parece que tudo à minha volta está se despedindo de mim. Melhor morrer do que viver assim... Ai, não me olhe desse jeito, juro que não estou fingindo. Caso contrário, voltarei a ter medo de você.

— E por acaso tinha medo de mim?

— Posso ser estranha, mas juro que não é culpa minha — retrucou. — Veja, nem rir eu consigo...

Ela continuou preocupada e tristonha até o anoitecer. Algo se passava com ela, algo que eu não conseguia entender. Seu olhar se detinha em mim com frequência; eu sentia o coração levemente apertado sob esse olhar enigmático. Ela parecia tranquila — mas minha vontade, ao olhá-la, era de pedir que não se afligisse. Estava admirado com ela, encontra-

46   Ivan Turguêniev

va um encanto comovente em seus traços pálidos, em seus movimentos lentos e hesitantes — mas ela, não sei por quê, imaginou que eu estivesse mal-humorado.

— Ouça — disse-me, pouco antes da despedida —, tortura-me a ideia de que me considere frívola... Daqui para a frente, acredite sempre no que eu lhe disser, mas seja também franco comigo; e eu vou sempre lhe dizer a verdade, dou-lhe minha palavra de honra...

Essa "palavra de honra" me fez tornar a rir.

— Ah, não ria — proferiu com vivacidade —, senão lhe direi hoje o que me disse ontem: "Está rindo de quê?". — E, calando-se por um instante, acrescentou: — Lembra-se de que ontem falou sobre asas?... Elas cresceram em mim, mas não há para onde voar.

— Ora — disse eu —, todos os caminhos estão abertos à sua frente...

Ássia lançou um olhar atento diretamente aos meus olhos.

— Está fazendo mau juízo de mim hoje — disse, franzindo as sobrancelhas.

— Eu? Mau juízo? A seu respeito?...

— Por que estão com essa cara de cachorro molhado? — interrompeu Gáguin. — Querem que lhes toque uma valsa, como ontem?

— Não, não — objetou Ássia apertando as mãos —, hoje, por nada no mundo!

— Não a estou forçando a nada, acalme-se...

— Por nada no mundo — repetiu, empalidecendo.

....

"Será que ela me ama?", pensava eu, ao aproximar-me do Reno, que fazia rolar rapidamente as suas ondas escuras.

Ássia   47

XIII

"Será que ela me ama?", perguntei-me no dia seguinte logo ao despertar. Não queria olhar para dentro de mim. Sentia que sua imagem, a imagem da "moça de riso forçado", penetrara minha alma e que eu não me livraria dela tão cedo. Fui para L. e passei o dia todo lá, mas vi Ássia só de relance. Não se sentia bem: tinha dor de cabeça. Desceu por um instante, com a fronte enfaixada, pálida, magra, os olhos semi-cerrados; esboçou um leve sorriso e disse: "Vai passar, não é nada; tudo passa, não é verdade?" — e saiu. Senti-me aborrecido e como que vazio e triste. Entretanto, por um bom tempo não me dispus a ir embora, e voltei para casa tarde, sem tornar a vê-la.

A manhã seguinte transcorreu numa espécie de sonolência dos sentidos. Quis trabalhar — não consegui; queria não fazer nada, não pensar em nada... nem isso eu conseguia. Perambulei pela cidade; voltei para casa, tornei a sair.

— O senhor é o sr. N.? — ressoou de repente atrás de mim uma voz infantil. Voltei-me; diante de mim havia um garoto. — É de *Fräulein* Annette[20] para o senhor — acrescentou ele, entregando-me um bilhete.

Abri-o e reconheci a caligrafia ligeira e irregular de Ássia. "Preciso vê-lo sem falta", escreveu-me ela, "venha hoje às quatro horas à capela de pedra, na estrada, ao lado das ruínas. Cometi hoje uma grande imprudência... Venha, pelo amor de Deus, e saberá tudo... Diga ao mensageiro que sim."

— Tem resposta? — perguntou o garoto.

— Diga que sim — respondi.

O garoto saiu correndo.

---

[20] Diminutivo de Anna. (N. da T.)

XIV

Entrei em meu quarto, sentei-me e comecei a matutar. Sentia o coração pulsar acelerado... Li o bilhete de Ássia várias vezes. Olhei para o relógio: ainda não era nem meio-dia.

A porta se abriu — Gáguin entrou.

Tinha o semblante carregado. Tomou-me a mão e apertou-a com força. Parecia muito perturbado.

— O que aconteceu? — perguntei.

Gáguin pegou uma cadeira e sentou-se de frente para mim.

— Três dias atrás — começou ele, gaguejando e com um sorriso forçado — eu o surpreendi com o meu relato; hoje o deixarei ainda mais surpreso. Com outro, eu provavelmente não me atreveria... assim, de maneira tão franca... Mas sei que é um homem nobre, é meu amigo, não é mesmo? Ouça, minha irmã, Ássia, está apaixonada por você.

Estremeci e levantei-me...

— Sua irmã, está dizendo...

— Sim, sim — interrompeu-me Gáguin. — Estou lhe dizendo, ela é louca e acabará por me fazer enlouquecer. Mas, felizmente, ela não sabe mentir, e confia em mim. Ah, que alma tem essa garota... Mas ainda acabará por se perder, inevitavelmente.

— Está enganado — comecei.

— Não, não estou enganado. Ontem, como sabe, passou quase o dia todo deitada, não comeu nada, aliás, nem se queixou... Ela nunca se queixa. Não me preocupei, embora à noite estivesse com um pouco de febre. Hoje, às duas horas da madrugada, nossa senhoria me acordou: "Vá ver sua irmã, tem algo de errado com ela". Corri para o quarto de Ássia e a encontrei vestida, com febre, banhada em lágrimas; tinha a cabeça ardendo, os dentes rilhavam. "O que há com

Ássia   49

você?", perguntei. "Está doente?" Ela se atirou ao meu pescoço e começou a implorar-me que a levasse embora o mais rápido possível se eu quisesse que continuasse viva... Sem compreender nada, tentei acalmá-la... O choro se intensificou... E de repente, em meio ao choro, ouvi... Bem, em suma, ouvi que ela o ama. Garanto-lhe que nós, pessoas sensatas, não podemos sequer imaginar com que profundidade, com que força incrível esses sentimentos se manifestam nela; isso a pegou tão de supetão e de modo tão avassalador como uma tempestade. Você é um encanto de pessoa — prosseguiu Gáguin —, mas por que ela foi se apaixonar de tal modo, isso, confesso que não entendo. Ela diz que foi à primeira vista. Foi por isso que chorou um dia desses ao querer me convencer que não queria amar ninguém além de mim. Ela acha que você a despreza e que deve saber quem ela é; perguntou-me se eu tinha lhe contado sua história — eu disse que não, evidentemente; mas sua vulnerabilidade é simplesmente assustadora. Só deseja uma coisa: partir, ir embora imediatamente. Fiquei com ela até o amanhecer; fez-me prometer que amanhã já não estaremos aqui — e só então adormeceu. Pensei muito e decidi vir lhe falar. Na minha opinião, Ássia está certa: o melhor que temos a fazer é ir embora daqui. E eu a teria levado hoje mesmo, se não me tivesse ocorrido uma ideia que me deteve. Talvez... quem sabe, minha irmã lhe agrade. Se for assim, por que diabos a levaria? Foi aí que decidi, deixando de lado todo o acanhamento... Além do que, eu mesmo percebi algo... Decidi... vir saber... — O pobre Gáguin estava desconcertado. — Peço que me desculpe — acrescentou —, não estou acostumado a passar por esse tipo de apuro.

Peguei-lhe a mão.

— Quer saber se sua irmã me agrada? — pronunciei com voz firme. — Sim, ela me agrada...

Gáguin fitou-me.

— Mas — falou gaguejando —, não casaria com ela, casaria?

— Como quer que eu responda a essa pergunta? Julgue por si mesmo se eu posso, agora...

— Sei, sei — interrompeu-me Gáguin —, não tenho nenhum direito de exigir-lhe uma resposta, e minha pergunta é o cúmulo da inconveniência... Mas o que quer que eu faça? Com fogo não se brinca. Não conhece Ássia; é capaz de ficar doente, de fugir, de propor-lhe um encontro... Outra em seu lugar conseguiria dissimular tudo e esperar... mas ela não. É a primeira vez que isso acontece com ela, aí é que está o mal! Se visse como chorou hoje a meus pés, compreenderia o meu temor.

Tentei refletir. As palavras de Gáguin, "propor-lhe um encontro", foram para mim uma punhalada no coração. Pareceu-me vergonhoso não responder francamente à sua franqueza sincera.

— Sim — disse afinal —, tem razão. Uma hora atrás recebi um bilhete de sua irmã. Aqui está ele.

Gáguin pegou o bilhete, correu os olhos por ele e deixou cair as mãos nos joelhos. A expressão de perplexidade em seu rosto era muito engraçada, mas eu não estava com disposição para risos.

— Volto a dizer que você é um homem nobre — disse ele —, mas que fazer agora? Como pode? É ela mesma quem quer partir, e agora escreve esse bilhete, e censura-se por imprudência... E quando ela conseguiu escrever isso? O que estará querendo de você?

Tranquilizei-o e, na medida do possível, tentando manter o sangue-frio, começamos a conversar sobre o que deveríamos fazer.

Eis, afinal, em que pé ficamos: para evitar uma desgraça, eu deveria ir ao encontro e explicar-me francamente com Ássia; Gáguin comprometeu-se a ficar em casa sem dar na vista que sabia sobre o bilhete; e contávamos tornar a nos reunir à noitinha.

— Deposito minha inteira confiança em você — disse Gáguin e apertou-me a mão —, poupe-nos, a ela e a mim. Mas, de todo modo, partiremos amanhã — acrescentou, ao se levantar —, pois vejo que não se casará mesmo com Ássia.

— Dê-me um prazo até a noite — repliquei.

— Pode ser, mas não se casará.

Ele saiu, eu me joguei no sofá e fechei os olhos. Minha cabeça girava: um mundo de impressões inundou-a de uma só vez. Estava irritado com a franqueza de Gáguin, estava irritado com Ássia, seu amor me deixava ao mesmo tempo alegre e desnorteado. Não podia entender o que a levara a contar tudo ao irmão; a inevitabilidade de uma decisão precipitada, quase instantânea, dilacerava-me.

"Casar-me com uma garota de dezessete anos, com esse temperamento, como é possível?", indaguei, levantando-me.

XV

À hora combinada atravessei o Reno, e a primeira pessoa que encontrei na outra margem foi o mesmo garoto que viera à minha casa de manhã. Pelo visto, estava à minha espera.

— De *Fräulein* Annette — disse num murmúrio e entregou-me outro bilhete.

Ássia comunicava-me a mudança de local do nosso encontro. Eu devia chegar em uma hora e meia não mais à capela, mas à casa de *Frau* Luise, bater na porta de baixo e subir para o terceiro andar.

— Outra vez "sim"? — perguntou o garoto.

— Sim — repeti, e fui para a margem do Reno. Já não dava tempo de voltar para casa e eu não queria perambular pelas ruas. Fora da cidade, depois do muro, havia um pequeno jardim com uma cobertura para jogos de boliche e mesas para os apreciadores de cerveja. Entrei ali. Alguns alemães já de meia-idade jogavam boliche; as bolas de madeira rolavam estrepitosamente, de vez em quando ouviam-se gritos de comemoração. Uma criada bonitinha, com olhos de choro, trouxe-me uma caneca de cerveja; olhei para o seu rosto. Ela se voltou rapidamente e foi embora.

— Sim, sim — disse nessa hora um cidadão gordo, de faces rosadas, sentado a meu lado —, nossa Hannchen[21] está muito amargurada hoje: seu noivo foi para o serviço militar.

Olhei para ela; ela se encolheu num cantinho e apoiou o rosto nas mãos; lágrimas deslizavam uma a uma por entre seus dedos. Alguém pediu uma cerveja; ela lhe trouxe uma caneca e tornou a sentar-se no mesmo lugar. Sua dor me afetou; comecei a pensar no encontro que me esperava, mas meus pensamentos eram apreensivos, tristes. Não era com o coração leve que eu ia a esse encontro, não era a entrega aos prazeres de um amor correspondido que me esperava; tinha de manter a palavra dada, de cumprir um dever penoso. "Com ela não se pode brincar" — essas palavras de Gáguin ficaram cravadas em minha alma como lanças. Mas há apenas três dias, naquele barco levado pelas ondas, não consumia-me a sede de felicidade? Ela se tornara possível — e eu hesitava, rechaçava-a, tinha de rechaçá-la... O inesperado da situação me desorientava. A própria Ássia, com sua cabeça impetuosa, seu passado, sua educação, era uma criatura encantadora, mas estranha — confesso que ela me assustava. Por muito tempo esses sentimentos travaram uma luta dentro de mim. A hora marcada aproximava-se. "Não posso me ca-

---

[21] Diminutivo alemão do nome Anna. (N. da T.)

sar com ela", decidi afinal, "ela não deve saber que também me apaixonei."

Levantei-me e, depois de colocar um táler na mão da pobre Hannchen (ela nem mesmo me agradeceu), dirigi-me à casa de *Frau* Luise. As sombras do crepúsculo já se espalhavam no ar, e uma estreita faixa de céu, sobre a rua escura, ia se tornando avermelhada com a luminosidade do pôr do sol. Bati levemente na porta; ela se abriu de imediato. Transpus a soleira e vi-me na mais completa escuridão.

— Por aqui — ressoou a voz de uma velha. — Ela está esperando.

Dei uns dois passos, tateando; uma mão ossuda segurou a minha.

— A senhora é *Frau* Luise? — perguntei.

— Sim — respondeu a mesma voz —, sou eu, meu bom rapaz.

A velha tornou a me conduzir para cima pela escada íngreme, parando no patamar do terceiro andar. Sob a luz fraca que vinha de uma janela minúscula divisei o rosto enrugado da viúva do burgomestre. Um sorriso melífluo e malicioso espichava seus lábios murchos e fazia seus olhinhos baços se encolherem. Indicou-me uma pequena porta. Com um movimento espasmódico eu a abri e bati-a atrás de mim.

XVI

O pequeno cômodo onde entrei estava bastante escuro e eu não vi Ássia de imediato. Envolta num xale comprido, sentada numa cadeira à janela, ela virou o rosto, quase ocultando-o, como um pássaro assustado. Tinha a respiração acelerada e tremia-se toda. Senti uma pena indescritível. Aproximei-me. Ela virou ainda mais o rosto...

— Anna Nikoláievna... — disse eu.

Ela subitamente se endireitou, queria olhar para mim — mas não conseguia. Peguei-lhe a mão, estava gelada e ficou inerte na palma da minha.

— Eu desejava... — começou Ássia, tentando sorrir, mas os lábios pálidos não lhe obedeciam — eu queria... Não, não consigo — disse ela e calou-se. Realmente, cada palavra embargava-lhe a voz.

Sentei-me a seu lado.

— Anna Nikoláievna... — repeti, e também não consegui acrescentar mais nada.

Seguiu-se um silêncio. Continuava a segurar-lhe a mão, fitando-a. Ela permanecia toda encolhida, respirava com dificuldade e mordiscava o lábio inferior para não começar a chorar, para reter as lágrimas que já se acumulavam... Eu a fitava, havia algo de tocante, de impotente em sua tímida imobilidade: era como se, de tão exausta, mal tendo conseguido chegar até a cadeira, tivesse caído nela exatamente como estava. Aquilo me apertava o coração...

— Ássia... — disse eu, com uma voz quase inaudível...

Ela ergueu lentamente os olhos para mim. Oh, o olhar de uma mulher apaixonada — quem pode descrevê-lo? Eles suplicavam, aqueles olhos, confiavam, indagavam, entregavam-se... Não consegui resistir ao seu encanto. Uma chama fina percorria-me o corpo todo como agulhas ardentes; inclinei-me e encostei os lábios em sua mão...

Um som palpitante, parecido com um suspiro entrecortado, chegou até mim, e senti em meus cabelos o toque delicado de uma mão que tremia como uma folha. Ergui a cabeça e vi seu rosto. Como ele se transformara de repente! A expressão de medo desaparecera, o olhar perdia-se em algum lugar ao longe e arrastava-me consigo, os lábios estavam ligeiramente entreabertos, a fronte, pálida como mármore, e os cachos, jogados para trás, como se levados pelo vento. Esqueci-me de tudo, puxei-a para mim — sua mão obedeceu docilmente, logo seu corpo deixou-se arrastar, o xale escorregou dos ombros e a cabeça pousou suavemente em meu peito, pousou sob meus lábios ardentes...

— Sou sua... — sussurrou, numa voz quase inaudível.

Minhas mãos já deslizavam por seu corpo... Mas, súbito, a lembrança de Gáguin veio-me à mente como um relâmpago.

— O que estamos fazendo! — exclamei, afastando-me num espasmo... — Seu irmão... ele sabe de tudo... sabe de nosso encontro.

Ássia deixou-se cair na cadeira.

— Sim — continuei, pondo-me de pé e recuando para o outro canto do quarto. — Seu irmão sabe de tudo... tive de lhe contar tudo...

— Teve? — proferiu indistintamente. Pelo jeito, ainda não havia conseguido cair em si e mal me compreendera.

— Sim, sim — repeti com certa exasperação —, e a culpa é toda sua, toda sua. Por que foi revelar o seu segredo? Quem a obrigou a revelar tudo ao seu irmão? Ele mesmo esteve hoje em minha casa e contou-me sobre a conversa que tiveram. — Tentava não olhar para Ássia e andava pelo quarto a passos largos. — Agora está tudo perdido, tudo, tudo.

Ássia fez menção de levantar-se da cadeira.

— Fique! — exclamei. — Fique, eu lhe peço. Está lidando com um homem honrado — sim, com um homem honrado. Mas, pelo amor de Deus, o que a deixou tão alarmada? Por acaso percebeu alguma mudança em mim? Eu mesmo não consegui esconder nada de seu irmão quando ele foi hoje à minha casa.

"O que é que estou dizendo?", pensei comigo, e a ideia de que eu era um embusteiro imoral, de que Gáguin sabia do nosso encontro, de que tudo havia sido distorcido e descoberto, tudo isso martelava em minha mente.

— Eu não mandei chamar meu irmão — fez-se ouvir o murmúrio assustado de Ássia —, foi ele que veio.

— Veja o que você causou — continuei. — E agora quer partir...

— Sim, preciso partir. — E proferiu ainda a meia-voz: — Só pedi que viesse aqui para nos despedirmos.

— E pensa — repliquei — que essa separação será fácil para mim?

— Mas então por que foi contar para o meu irmão? — repetiu Ássia, perplexa.

— Já lhe disse que não tinha como proceder de outro modo. Se você não tivesse entregado tudo...

— Eu estava trancada em meu quarto — ela objetou ingenuamente —, não sabia que minha senhoria tinha outra chave...

Esse inocente pedido de desculpas em seus lábios, num momento como aquele, quase me enfureceu... Agora, no entanto, não consigo me lembrar dele sem me enternecer. Pobre criança, sincera, franca!

— Aí é que está, agora está tudo acabado! — recomecei. — Tudo. Agora teremos de nos separar. — Lancei um olhar furtivo para Ássia... Suas faces ruborizaram imediatamente. Ela, isso eu percebia, sentia-se ao mesmo tempo envergonhada e com medo. Eu mesmo andava e falava como se estivesse febril: "Não deixou se desenvolver um sentimento que começava a desabrochar, foi romper por si mesma o laço que havia entre nós, não confiou em mim, duvidou de mim...".

Enquanto eu falava, Ássia inclinava-se cada vez mais para a frente — e de repente caiu de joelhos, deixou a cabeça cair entre as mãos e começou a chorar. Corri até ela, tentei erguê-la, mas ela não permitiu. Não suporto lágrimas de mulher: ao vê-las, fico imediatamente aturdido.

— Anna Nikoláievna, Ássia — repetia eu —, por favor,

eu lhe imploro, pelo amor de Deus, pare... — Tornei a pegar sua mão...

Mas de repente, para meu grande espanto, ela se ergueu de um salto, correu para a porta com a rapidez de um relâmpago e desapareceu...

Alguns minutos depois, quando *Frau* Luise entrou, eu ainda estava ali plantado bem no meio do quarto, como se fulminado por um raio. Eu não entendia como esse encontro pudera terminar tão rapidamente e de modo tão estúpido — terminar quando eu ainda não havia dito nem a centésima parte do que queria, do que deveria ter dito, quando nem eu mesmo sabia ainda no que aquilo poderia dar...

— *Fräulein* foi embora? — perguntou-me *Frau* Luise, erguendo as sobrancelhas loiras até a peruca.

Olhei para ela como um apalermado e saí.

XVII

Saí da cidade e segui diretamente para o campo. Uma irritação, uma profunda irritação me corroía... Eu me cobria de censuras. Como é que pude não perceber o motivo que levara Ássia a mudar o local do nosso encontro, por que não avaliei o que lhe custara ir à casa daquela velha, por que não a detive? A sós com ela naquele quarto abafado, mal iluminado, tive força e presença de espírito suficientes para repeli-la e até repreendê-la... E agora sua imagem me perseguia e eu implorava o seu perdão; a lembrança daquele rosto pálido, dos olhos tímidos e úmidos, dos cabelos desgrenhados no pescoço curvado, do toque suave de sua cabeça em meu peito — tudo isso me incendiava. "Sou sua...", eu parecia ouvi-la sussurrar. "Agi de acordo com minha consciência", eu tratava de me assegurar... Não é verdade! Será que era esse realmente o desfecho que eu queria? Será que estou em condições de me separar dela? Será que consigo ficar sem ela? "Louco! Louco!", eu repetia, exasperado...

Enquanto isso, a noite caía. Dirigi-me a passos largos para a casa onde Ássia morava.

XVIII

Gáguin veio ao meu encontro.

— Viu minha irmã? — gritou-me ainda de longe.

— Ora, ela não está em casa? — perguntei.

— Não.

— Ela não voltou?

— Não. A culpa é minha — continuou Gáguin —, não consegui resistir: ao contrário do que combinamos, fui à capela; não estava lá; quer dizer que ela não foi?

— Ela não esteve na capela.

— Mas então não a viu?

Tive de confessar que a vira.

— Onde?

— Na casa de *Frau* Luise. Separei-me dela há uma hora — acrescentei —, estava certo de que havia voltado para casa.

— Vamos esperar um pouco — disse Gáguin.

Entramos em casa e sentamo-nos lado a lado. Ficamos em silêncio. Sentíamo-nos muito constrangidos. Olhávamos o tempo todo ao redor, para a porta, com o ouvido atento. Por fim, Gáguin se levantou.

— Isso já é o cúmulo! — exclamou ele. — Estou com o coração nas mãos. Ela ainda me mata, por Deus... Vamos procurá-la.

Saímos. Lá fora já estava completamente escuro.

— Sobre o que conversaram, afinal? — perguntou-me Gáguin, enterrando o chapéu até a altura dos olhos.

— Vimo-nos por uns cinco minutos apenas — respondi —, falei-lhe como havíamos combinado.

— Sabe de uma coisa — retrucou ele —, é melhor nos dividirmos; pode ser que a encontremos mais depressa. De qualquer modo, volte para cá em uma hora.

XIX

Desci agilmente o vinhedo e corri para a cidade. Percorri apressado todas as ruas, procurei por toda parte, até mesmo na janela de *Frau* Luise, voltei para o Reno e corri ao longo da margem... Deparava-me de vez em quando com figuras femininas, mas Ássia não se via em lugar nenhum. Já não era nem a irritação que me corroía — agora, um temor íntimo me dilacerava, e não era só temor o que sentia... não, sentia remorso, o mais ardente arrependimento, amor — sim, o mais terno amor! Eu torcia as mãos, chamava Ássia em meio às sombras da noite que caía, de início a meia-voz, depois cada vez mais alto; repeti centenas de vezes que a amava, jurei que nunca me separaria dela; daria tudo no mundo para tornar a segurar sua mão fria, tornar a ouvir sua voz cálida, tornar a vê-la diante de mim... Estivera tão próxima, viera a mim tão decidida, na plena inocência de seu coração e de seus sentimentos, ofereceu-me sua juventude sem máculas... e eu não a estreitei em meus braços, privei-me da felicidade de ver seu rosto encantador florescer com o júbilo e a serenidade do enlevo... Esse pensamento me levava à loucura.

"Para onde pode ter ido, o que terá feito consigo mesma?", exclamava eu, na angústia de um desespero impotente... Surgiu de repente uma coisa branca bem à beira do rio. Eu conhecia esse lugar; ali, sobre o túmulo de uma pessoa que se afogara há setenta anos, havia uma cruz de pedra semienterrada na terra, com uma inscrição antiga. Senti o coração gelar... Corri até a cruz: a figura branca havia desaparecido. Gritei: "Ássia!". Eu mesmo me assustei com a ferocidade em minha voz — mas ninguém respondeu...

Resolvi ir ver se Gáguin a havia encontrado.

XX

Ao subir rapidamente o atalho do vinhedo, avistei uma luz no quarto de Ássia... Isso me tranquilizou um pouco.

Fui até a casa; a porta de baixo estava trancada, bati. Uma janelinha com a luz apagada no andar térreo abriu-se com cuidado e surgiu a cabeça de Gáguin.

— Encontrou-a? — perguntei-lhe.

— Ela voltou — respondeu-me num sussurro —, está em seu quarto, trocando-se. Está tudo bem.

— Graças a Deus! — exclamei, numa indescritível explosão de alegria —, graças a Deus! Agora está tudo bem. Mas, sabe, ainda precisamos ter uma outra conversa.

— Outra hora — objetou ele, puxando a janela para si devagar —, outra hora. E agora, adeus.

— Até amanhã — balbuciei —, amanhã, tudo será decido.

— Adeus — respondeu Gáguin. A janela se fechou.

Estive prestes a bater outra vez. Queria dizer a Gáguin naquele mesmo instante que pedia a mão de sua irmã. Mas uma proposta dessas àquela hora... "Até amanhã", pensei, "amanhã serei feliz..."

Amanhã serei feliz! A felicidade não tem dia de amanhã; nem mesmo de ontem; ela não se lembra do passado e não pensa no futuro; ela tem o presente — e, ainda assim, não um dia, mas um átimo.

Não me lembro de como cheguei a S. Não foram minhas pernas a me conduzir, não foi o barco a me conduzir:

fui alçado por asas fortes e amplas. Passei perto de um arbusto onde cantava um rouxinol; parei e fiquei um bom tempo ouvindo-o: parecia-me que cantava meu amor e minha felicidade.

XXI

Na manhã do dia seguinte, quando eu me acercava da casinha que conhecia tão bem, fui golpeado por uma circunstância: a porta e todas as janelas estavam abertas; havia uns papeizinhos atirados na entrada; uma criada com uma vassoura apareceu à porta.

Aproximei-me...

— Partiram! — ela deixou escapar, antes que eu tivesse tido tempo de perguntar se Gáguin estava em casa.

— Partiram?... — repeti. — Como, partiram? Para onde?

— Partiram hoje cedo, às seis, e não disseram para onde. Espere, o senhor deve ser o senhor N.?

— Sim, sou o senhor N.

— A senhoria tem uma carta para o senhor. — A criada subiu as escadas e retornou com a carta. — Aqui está, meu senhor, faça o favor.

— Mas não pode ser... Como é que isso?... — comecei a dizer.

A criada olhou-me aparvalhada e se pôs a varrer.

Abri a carta. Fora Gáguin quem me escrevera, de Ássia não havia uma linha sequer. Começava pedindo que não me zangasse com ele pela partida repentina; estava certo de que, após uma reflexão madura, eu aprovaria sua decisão. Não encontrara outra saída para a situação, que poderia tornar-se difícil e perigosa. "Ontem à noite", escreveu ele, "enquanto esperávamos Ássia, calados, convenci-me terminantemente da necessidade da separação. Há preconceitos que eu respeito; compreendo que não possa se casar com Ássia. Ela me contou tudo; para sossegá-la, tive de ceder às suas reiteradas e insistentes súplicas." No final da carta, lastimava que nossa amizade fosse interrompida tão depressa, desejava-me felicidade, apertava-me amigavelmente a mão e pedia encarecidamente que eu não tentasse encontrá-los.

— Que preconceitos? — gritei, como se ele pudesse ouvir-me. — Que absurdo! Quem lhe deu o direito de roubá-la de mim... — Agarrei a cabeça entre as mãos...

A criada começou a chamar a senhoria em voz alta: o susto dela fez-me recobrar a consciência. Um único pensamento me consumia: encontrá-los, encontrá-los a qualquer custo. Aceitar esse golpe, conformar-me com um desfecho desses, era impossível. Soube pela senhoria que às seis horas da manhã haviam tomado o vapor e descido o Reno. Dirigi-me à agência: lá disseram-me que haviam comprado bilhetes para Colônia. Fui para casa a fim de fazer imediatamente as malas e sair no encalço deles. Tive de passar perto da casa de *Frau* Luise... De repente, ouvi alguém me chamar. Ergui a cabeça e vi, na janela do mesmo quarto onde na véspera me encontrara com Ássia, a viúva do burgomestre. Ela abriu seu sorriso repugnante e me chamou. Voltei-me e ia fazer de conta que não a vira; mas ela gritou em seguida que tinha algo para mim. Estas palavras me detiveram, e eu entrei em sua casa. Como posso exprimir o que senti ao tornar a ver aquele quartinho...

— Para dizer a verdade — começou a dizer a velha, mostrando-me um pequeno bilhete —, eu deveria lhe dar isto apenas no caso de o senhor mesmo vir me procurar, mas o senhor é um jovem tão especial. Pegue.

Peguei o bilhete.

Num pedacinho de papel havia as seguintes palavras, apressadamente rabiscadas a lápis:

Ássia

"Adeus, não tornaremos a nos ver. Não é por orgulho que parto — não, não poderia ser de outro jeito. Ontem, quando chorei em sua presença, se tivesse me dito uma palavra, uma única palavra — eu teria ficado. Não a disse. Talvez seja melhor assim... Adeus para sempre!"

Uma única palavra... Oh, fui louco! Essa palavra... eu a repetira com lágrimas na noite anterior, eu a esbanjara ao vento, eu a repetira em meio a campos desertos... mas não a dissera a ela, não lhe dissera que a amo... Eu sequer poderia pronunciar essa palavra então. Quando nos encontramos naquele quarto fatídico, ainda não tinha consciência clara de meu amor; ele não havia despertado nem mesmo quando eu estivera sentado ao lado de seu irmão, num silêncio penoso e sem propósito... Ele irrompeu com uma força incontrolável apenas alguns minutos depois, quando, assustado pela possibilidade de uma desgraça, me pus a procurá-la e a chamá-la... Mas então já era tarde. "Não, isso não é possível!", haverão de me dizer; não sei se isso é possível — só sei que essa é a verdade. Ássia não teria ido embora se houvesse nela uma sombra que fosse de coquetismo, se não estivesse numa posição ambígua. Ela não podia suportar aquilo que qualquer outra teria suportado: e eu não o percebi. Meu gênio ruim deteve a confissão em meus lábios no último encontro com Gáguin, diante da janela escura, e o último fio, ao qual eu ainda poderia me agarrar, escapou de minhas mãos.

Nesse mesmo dia voltei à cidade de L. com as malas prontas e embarquei para Colônia. Lembro-me de que o vapor já havia desatracado e eu me despedia mentalmente daquelas ruas, de todos aqueles lugares que jamais poderia vir a esquecer — quando avistei Hannchen. Estava sentada num banco à beira do rio. Tinha o rosto pálido, mas não triste; havia um rapaz jovem, bonito, de pé a seu lado e, rindo, contava-lhe alguma coisa; enquanto, no outro lado do Reno, minha pequena Madona emergia da folhagem escura do velho freixo com a tristeza de sempre.

XXII

Em Colônia, dei com o rastro dos Gáguin: soube que tinham ido para Londres, lancei-me ao encalço deles; mas em Londres todas as minhas buscas foram em vão. Demorou muito para que eu me conformasse, persisti por muito tempo ainda, mas fui finalmente obrigado a abandonar a esperança de alcançá-los.

E não os vi mais — nunca mais vi Ássia. Rumores vagos sobre eles chegaram-me aos ouvidos. Mas para mim ela desapareceu para sempre. Nem mesmo sei se está viva. Certa vez, no exterior, alguns anos depois, vi de relance num vagão de trem uma mulher cujo rosto fez-me recordar vividamente aqueles traços inesquecíveis... mas certamente fui enganado por uma semelhança fortuita. Ássia permaneceu em minha lembrança aquela mesma garota, tal qual a conheci na melhor época de minha vida, tal qual a vira da última vez, inclinada sobre o encosto de uma cadeira baixa de madeira.

Aliás, devo confessar que não passei tanto tempo triste por sua causa: cheguei a achar que o destino fora providencial em não unir-me a Ássia; consolava-me com o pensamento de que, provavelmente, não teria sido feliz com uma esposa como ela. Eu era jovem na época, e o futuro, esse futuro curto e fugaz, parecia-me infindável. Será que o que aconteceu não poderá se repetir, pensava eu, e de um jeito ainda melhor, ainda mais belo?... Conheci outras mulheres, mas o sentimento que Ássia despertara em mim — aquele sentimento ardente, terno, profundo — já não voltei a experimentar. Não! Jamais outros olhos puderam substituir aqueles que um dia fitaram os meus com tanto amor, a nenhum outro cora-

Ássia

ção aninhado em meu peito o meu coração respondeu com tanta alegria e tão doce enlevo! Condenado à solidão de um solteirão sem família, tenho vivido anos enfadonhos, mas guardo, como relíquia sagrada, seus bilhetinhos e a flor de gerânio, seca, a mesma flor que ela um dia me atirou pela janela. Ela até hoje recende um suave perfume, mas a mão que a ofereceu, aquela mão que apenas uma vez eu pude estreitar em meus lábios, talvez há muito já esteja se decompondo numa sepultura... E eu mesmo — o que aconteceu comigo? O que restou de mim, daqueles dias de deleite e ansiedade, daquelas esperanças e aspirações aladas? A fragrância tão tênue de uma plantinha ínfima sobrevive a todas as alegrias e a todos os sofrimentos do homem — sobrevive ao próprio homem.

(1857)

Arkadi Nikitin, *Retrato de Ivan Turguêniev*, 1857, aquarela s/ cartão, 41 x 32,5 cm, Museu Estatal de Literatura, Moscou.

TURGUÊNIEV E A ESCRITA DE *ÁSSIA*

Fátima Bianchi

A despeito de serem muito diferentes quanto às características formais de seus romances, Ivan Turguêniev, junto com Fiódor Dostoiévski e Lev Tolstói, integra a tríade de escritores russos mais importantes do século XIX, idade de ouro do romance em geral e da literatura russa em particular.

Nascido em 9 de novembro de 1818, segundo dos três filhos de Varvara Petrovna Lutovínova e Serguei Nikoláievitch Turguêniev, até os nove anos de idade Ivan passou a infância cercado pela vida tradicional russa e pela bela paisagem da extensa propriedade rural de Spásskoie-Lutovínovo, na região de Oriol, herdada pela mãe. O que não significa, no entanto, que tenha tido uma infância feliz e idílica. Seu pai, o coronel de cavalaria Serguei Nikoláievitch, pertencia a uma das linhagens mais antigas da aristocracia russa, mas arruinada; sua união com uma vizinha mais velha e de família não tão ilustre, embora muito rica, fora para ele um casamento de conveniência, suportado em meio a muitos casos extraconjugais e pouca dedicação aos assuntos domésticos. Da parte dela, entretanto, a união com Serguei foi uma paixão frustrada. De caráter difícil e contraditório, Varvara Petrovna, mãe do escritor, "pode ser facilmente reconhecida em várias mulheres nobres tirânicas de sua obra".[1] O pe-

---

[1] Dan Ungurianu, "Turgenev between Russia and Europe", disponível em <https://www.readkong.com/page/ivan-turgenev-and-his-library-4644744> (último acesso em 23/8/2023).

Posfácio

queno Ivan, tendo sido ele próprio testemunha e vítima dos rompantes da mãe, adquiriu uma aversão à violência por toda a vida. A preocupação que ela nutria pelos filhos, no entanto, é inquestionável; proporcionou-lhes uma educação típica da nobreza ocidentalizada, com os melhores professores alemães e franceses e grande ênfase nas línguas e culturas estrangeiras.

Em 1827 a família se muda para Moscou, onde Ivan ingressa na Faculdade de História e Filologia. Um ano depois, a família se estabelece em São Petersburgo, cidade para onde fora alocado Nikolai, o filho mais velho, e Ivan dá continuidade aos estudos na Universidade de São Petersburgo, onde começou a compor seus primeiros poemas. Em 1838, aos vinte anos de idade, Ivan foi completar sua formação na Universidade de Berlim, onde estudou as literaturas da Antiguidade e entrou em contato com a filosofia de Hegel, que teve grande impacto sobre toda a sua geração. Em 1841, após uma longa viagem pela Europa, Ivan Serguêievitch retornou a Moscou, mas logo abandonou as atividades acadêmicas para trabalhar no Ministério do Interior, onde permaneceu até 1844.

Em Moscou Ivan Turguêniev passou a frequentar o círculo de Vissarion Bielínski, que de imediato reconheceu-lhe o talento para a literatura, e a publicar seus primeiros poemas, contos, peças e artigos. No entanto, foi só depois de um desentendimento com a mãe, motivo pelo qual esta deixou de lhe enviar dinheiro, que Turguêniev assumiu um compromisso sério de colaboração com a revista *O Contemporâneo* (*Sovremiênnik*). As obras mais importantes desse período são os contos que compõem o ciclo *Memórias de um caçador*, escritos entre 1847 e 1852 e reunidos em livro com grande êxito.

Nesse mesmo ano de 1852, após um mês de prisão por ter publicado um obituário de Gógol não autorizado pela censura, Turguêniev foi condenado a cumprir uma pena de exílio domiciliar de mais de um ano em Spásskoie, sua aldeia natal. Segundo a opinião corrente, no entanto, o verdadeiro motivo da condenação foi seu implícito ataque à servidão expresso nos contos de *Memórias de um caçador*, o que ficou muito mais evidente ao serem reunidos em livro. Durante o exílio, Turguêniev escreveu seu conto mais famoso, acerca de um servo que, por capricho de sua dona despótica e cruel, é obrigado a afogar num rio o seu único amigo, o cachorro Mumu, cujo nome dá título ao conto.

Em 1850, com a morte de sua mãe e a herança que então recebeu, Turguêniev se tornou um homem rico e independente, e passou a viver longos períodos fora da Rússia, sobretudo para estar mais próximo de Pauline Viardot, que ele conhecera no outono de 1843 e dizia ser "a única mulher que amei e sempre amarei...".[2] Uma das maiores cantoras líricas de sua época, Pauline teve um papel extremamente importante na vida de Turguêniev, levando-o praticamente a estabelecer residência fixa no exterior. A natureza desse relacionamento, no entanto, tem sido objeto de muita especulação, já que o marido de Pauline era amigo íntimo e grande colaborador de Turguêniev nas traduções da literatura russa para o francês. Turguêniev nunca se casou, mas um dos casos que teve com servas de sua família resultou no nascimento de uma filha ilegítima, que foi criada junto com as duas filhas do casal Viardot. Deslocando-se constantemente, Turguêniev

---

[2] A afirmação está na carta de 16 de março de 1857, enviada de Paris, a Pável Ánnenkov: "A Sra. Viardot deu-me um urso de bronze que, deitado de costas, coça a própria barriga. Este urso me é caro [...] porque me foi dado pela única mulher que amei e sempre amarei...". As citações da correspondência de Turguêniev foram extraídas de *Pólnoie sobránie sotchiniénii i pissem v 28 tomákh* (doravante *PSS*) [*Obras completas e cartas em 28 volumes*], Moscou-Leningrado, Izdatelstvo Naúka, vol. III, *Cartas*, 1961, p. 103.

Posfácio

residiu na França, na Alemanha, na Inglaterra e na Itália, sempre transitando livremente pelos círculos intelectuais europeus. Teve como grandes amigos os escritores progressistas mais proeminentes do realismo francês, entre eles Gustave Flaubert, Edmond de Goncourt, Émile Zola e Alphonse Daudet, com os quais se reunia regularmente em Paris, e se correspondia ainda com Guy de Maupassant, Henry James e Prosper Mérimée, que sempre reconheceram sua dívida para com o mestre russo.

Em 1856 Turguêniev publicou seu primeiro romance, *Rúdin*,[3] no qual faz um exame penetrante do homem russo dos anos 1840, o chamado "homem supérfluo", já retratado na novela *Diário de um homem supérfluo*, de 1850.[4] O termo tornou-se corrente para designar não apenas os heróis de Turguêniev, mas toda uma geração de homens sensíveis, talentosos, de boa formação, porém céticos e desiludidos, que encheram as páginas da literatura russa na segunda metade do século XIX.

No ano seguinte escreveu *Ássia*, considerada uma de suas melhores histórias de amor e uma das joias de seu legado literário. Na capa do caderno, ele anotou com precisão as datas e os locais de início e término do trabalho: "*Ássia*. Conto. Iniciado em Sinzig, às margens do Reno, em 12 de julho de 1857, domingo, e terminado em Roma, em 15 de novembro do mesmo ano, sexta-feira". O autor indica também a hora de conclusão da obra: "22h30".[5]

Durante esses quase cinco meses dedicados à escrita da obra, Turguêniev mudou-se várias vezes de cidade e de país,

[3] Ed. bras.: *Rúdin*, tradução e posfácio de Fátima Bianchi, São Paulo, Editora 34, 2012.

[4] Ed. bras.: *Diário de um homem supérfluo*, tradução, posfácio e notas de Samuel Junqueira, São Paulo, Editora 34, 2018.

[5] Lidia M. Lotman, "Comentários", *PSS*, vol. VII, 1964, p. 421.

residindo em Sinzig, Baden-Baden, Paris, Boulogne, Courta-venel, Lyon, Marselha, Nice, Gênova e Roma.

A novela foi publicada na primeira edição de 1858 da revista O *Contemporâneo*, com o subtítulo "A história de N. N.". Segundo o próprio autor, não foi um trabalho fácil. Alguns meses antes de começar a escrevê-la, ele se viu subitamente atormentado pelo retorno inesperado de uma enfermidade. Segundo David Magarshack, autor de uma preciosa biografia de Turguêniev, o próprio autor percebeu tratar-se de uma aflição dos nervos, que posteriormente assumiria a forma de dores na bexiga, que "pareciam ir e vir de acordo com os altos e baixos de sua relação com Pauline".[6]

Em quase todas as cartas desse período, Ivan Turguêniev queixa-se constantemente de dores insuportáveis, de que a doença havia piorado muito e consumia-lhe todas as energias, tirando inteiramente a sua paz de espírito e impedindo-o de trabalhar. É verdade que as queixas por doença foram sempre um dos temas mais frequentes de sua correspondência. Nesse momento, essa era a sua principal justificativa por ter interrompido o seu trabalho de escritor. Ao menos, é o que ele declara em carta de 28 de fevereiro de 1857 enviada a Pável Ánnenkov, seu amigo íntimo e um dos editores da *Contemporâneo*:

> "Caro Ánnenkov, faz muito tempo que não lhe escrevo pelo seguinte motivo: não é só com alegria que não conseguiria lhe escrever, mas nem mesmo com tranquilidade — e ficar choramingando também não quero. A angústia me consome, e a principal, e quase única, razão dessa angústia é uma

[6] David Magarshack, *Turgenev: A Life*, Londres, Faber and Faber, 1954, p. 167.

Posfácio

doença que retornou inesperadamente. Felizmente, não me resta muito tempo em Paris — e espero que, ao despedir-me dessa cidade, despeça-me também dos meus males."[7]

É provável que a angústia que o consumia, assim como as "outras circunstâncias" que ele menciona nessa mesma carta, se referissem a uma crise em sua relação com Pauline Viardot. Mas é muito possível que Turguêniev estivesse referindo-se também às mudanças que percebia no gosto literário de então, já que pouco depois, em 1º de março, numa longa carta ao amigo Vassili Bótkin, ele confessa sua firme intenção de abandonar o trabalho criativo. Essas "mudanças" no gosto do público leitor, ele as via como um fenômeno histórico e social, evidenciado pelo surgimento de escritores de grande envergadura e originalidade como Lev Tolstói e Mikhail Saltikov-Schedrin:

"Caro Bótkin, posso dizer sem exagero que comecei a escrever-lhe umas dez vezes — sem nunca conseguir preencher mais do que meia página; pode ser que desta vez eu seja mais feliz. Não vou começar a falar de mim: sou um homem que entrou em bancarrota — e isso é tudo; não há o que discutir. Sinto-me sempre como um cisco que esqueceram de varrer — esse é o meu *Stimmung*.[8] Pode ser que tudo passe assim que eu deixar Paris [...]. Tolstói está aqui [...], para ser honesto, é a única esperança da nossa literatura. Quanto a mim, digo-lhe ao pé do ouvido e peço que não deixe escapar: com

[7] *PSS*, vol. III, 1961, p. 88.

[8] Em alemão no original: tem o sentido de "ânimo", "humor".

exceção de um artigo que prometi a Drujínin [...], nem uma única linha minha será impressa (nem sequer escrita) até o final deste século. Não os queimei anteontem (pois tive medo de cair numa imitação de Gógol),[9] mas rasguei e joguei no *water-closet*[10] todos os meus planos, iniciativas etc. Tudo bobagem. Talento com uma fisionomia e uma integridade especiais — isto eu não tenho; tinha, sim, algumas cordas poéticas — mas que soaram e se esvaíram. Não quero me repetir, é hora de renunciar! Isso, pode acreditar, não é um acesso de frustração — é a expressão ou o fruto de convicções lentamente amadurecidas. [...] Estou me retirando; o Sr. Schedrin me substituirá como escritor engajado (o público agora quer coisas picantes e grosseiras), ao passo que naturezas poéticas e plenas como a de Tolstói haverão de terminar e apresentar de modo claro e pleno aquilo que eu apenas sugeri. [...] Como domino bem a língua russa, pretendo dedicar-me à tradução do D. *Quixote* — se estiver com saúde. Você provavelmente vai achar que tudo isso não passa de exagero, não vai acreditar em mim. Mas verá, espero, que nunca falei com tanta seriedade e sinceridade.

Obrigado por enviar o artigo sobre [Afanássi] Fiet [...]. Caso descubra que tenho talento para isso, não sou avesso a escrever artigos desse tipo — e talvez até tente. Mas, de ficção — chega! Você sabe que desisti de escrever poesia assim que me

---

[9] Cinco anos antes, em 1852, Nikolai Gógol havia queimado o manuscrito da segunda parte de seu romance *Almas mortas*.

[10] Em inglês no original: "vaso sanitário".

convenci de que não era poeta; e, de acordo com minha convicção atual, sou tão ficcionista quanto fui poeta."[11]

Ao expor aqui a sua percepção sobre o novo cenário na literatura, Turguêniev não esconde sua insegurança e a intensa crise criativa por que passava. E a Iákov Polonski, em carta de 1-6 de março, o escritor torna a justificar seu isolamento e seu mal-estar com a permanência em Paris:

> "Você me censura por não escrever-lhe, e é exatamente por isso que não escrevo, nem para você nem para os amigos em geral, porque não tenho nada de alegre a dizer [...]. Espero estar melhor em um mês, isto é, quando deixar Paris."[12]

De Paris o escritor foi para a pequena cidade alemã de Sinzig, e já em 9 de julho, menos de uma semana após sua chegada, enviou a Ánnenkov uma carta que expressava um estado de ânimo completamente diferente daquele de sua correspondência anterior com o amigo:

> "É provável que nem Remagen você encontre no mapa, então procure Andernach, que não fica tão longe daqui. O dr. Hedenus, com quem me consultei em Dresden, sugeriu-me ir para Ems (que fica a três horas de viagem de Sinzig) ou Sinzig. Escolhi Sinzig. [...] Não há quase ninguém aqui, posso entregar-me à mais completa solidão e, na medida do possível, ao trabalho (o que não faço há mais de

[11] *PSS*, vol. III, 1961, pp. 91-2.
[12] *Idem*, p. 94.

um ano). No entanto, como os russos se enfiam em todo lugar, aqui também encontrei um, mas é um sujeito muito bom, um certo Nikitin, oficial que abandonou a carreira para se tornar pintor (parece ter talento). Está muito doente e é pouco provável que se recupere. Outros dois russos vieram visitá-lo e foram embora hoje, também muito simpáticos, um tal Sabúrov e sua irmã, moscovitas [...]. Ontem fizemos um longo passeio juntos pelo vale do Ahr; é um vale muito pitoresco."[13]

Em 16 de julho, escreve para Maria Nikoláievna, irmã de Lev Tolstói, destacando mais algumas referências que viriam a ser empregadas em *Ássia* para a elaboração do personagem Gáguin:

> "Estou hospedado no próprio Badehaus [Balneário], ou seja, em uma casa isolada, perto da nascente. Diante das janelas há um amplo vale coberto de todo tipo de cereais e árvores frutíferas, e no horizonte há uma linha recortada de montanhas que se estendem na margem direita do Reno. O lugar é bom — mas há pouca sombra. Tenho me encontrado aqui com um oficial russo que pediu dispensa do serviço para se tornar pintor. Parece que tem talento. Fez meu retrato, ficou parecido. Ele se chama Nikitin."[14]

No dia seguinte, em carta a Aleksandr Herzen, que por indicação sua recebera os irmãos Sabúrov em Londres ("os

---

[13] *PSS*, vol. III, 1961, p. 123.

[14] *Idem*, p. 129. O retrato está reproduzido na p. 68 deste volume.

Posfácio

mais queridos russos que tive a oportunidade de conhecer"), Turguêniev torna a falar de seu trabalho e menciona outro detalhe que viria a utilizar na novela, no capítulo em que o herói sai com uma mochila nas costas rumo a uma ramificação da cordilheira Hunsrück: "Estou caminhando muito — ontem subi uma montanha (1.400 pés acima do nível do mar) a oito verstas daqui, subi até o topo, examinei as minas de basalto e depois voltei para casa".[15]

São muitos os detalhes sobre o lugar e as personagens da novela que coincidem com a vida do autor de *Ássia*, como vemos em sua correspondência. Mas o acontecimento que deu ímpeto à criação e que levou Turguêniev a voltar ao trabalho após um período de quase um ano, segundo ele, de inatividade, surgiu absolutamente por acaso, a partir de uma simples impressão de viagem.

Natália Aleksándrovna, esposa do dramaturgo Nikolai Ostróvski, reproduz em suas memórias uma conversa que tivera com Turguêniev no início dos anos 1860, na qual o escritor confirma que o impulso de escrever a novela viera-lhe de impressões de sua estadia em Sinzig:

> "Fizéramos uma parada numa pequena cidade no Reno. À noite, sem nada para fazer, decidi dar um passeio de barco. Era uma noite adorável. Sem pensar em nada, fiquei deitado no barco, inspirando o ar quente e olhando ao redor. Passamos por umas ruínas não muito grandes; próximo a elas havia uma casa de dois andares. À janela do andar de baixo havia uma velha que olhava para fora, e na janela do andar superior surgiu a cabeça de uma bela moça. Nisso, de repente, fui tomado de ânimo.

[15] *Idem*, p. 130.

Comecei a pensar e a imaginar quem seria aquela garota, como seria ela, e o que estaria fazendo naquela casa, qual seria a sua relação com a velha — e foi assim que, ali mesmo, no barco, todo o enredo da novela formou-se em minha cabeça."[16]

Como se vê, pela correspondência do escritor é possível acompanhar passo a passo todo o andamento da composição de *Ássia*. Turguêniev buscava solidão para tratar uma doença que o vinha atormentando e deixando angustiado já há algum tempo, e pode ser que essa doença realmente estivesse relacionada a uma crise em sua relação com Pauline Viardot. A confissão do narrador ao amigo Gáguin, de que se isolara na cidade de S. para curar o coração partido por uma bela viúva, pode muito bem, como observa Magarshack, ser uma "referência velada e nada lisonjeira a Pauline".[17]

Em 7 de agosto, agora em Boulogne, ele escreve para a condessa Elizavieta Lambert e se mostra decidido a retornar à Rússia: "Sim, condessa, decidi voltar... e voltar por muito tempo; chega dessa vida cigana, chega de vagar pelo mundo".[18] Para Nikolai Nekrássov, outro editor da *Contemporâneo*, ele afirma que "se a doença permitir, em meu regresso a Petersburgo começarei a trabalhar de verdade! Você vai ver! Meu Deus, como eu quero ir para a Rússia o mais rápido possível!".[19] No entanto, já em carta de 28 de setembro aos membros do conselho editorial da *Contemporâneo*, ele co-

---

[16] Lidia M. Lotman, "Comentários", *PSS*, vol. VII, 1964, p. 422.

[17] David Magarshack, *op. cit.*, p. 172. Alguns críticos mencionam o fato de Pauline Viardot, na época, estar flertando em Paris com o pintor Ary Scheffer, que fazia seu retrato.

[18] *PSS*, vol. III, 1961, p. 139.

[19] *Idem*, p. 145.

munica uma abrupta mudança de planos: "Minha carta vai surpreendê-los, eu sei — mas não há nada a fazer. Pois saibam que, em vez de voltar para a Rússia, Bótkin e eu vamos para Roma, onde passarei o inverno, e só na primavera retornarei à pátria". Entre os motivos que o levaram a esta súbita mudança, ele inclui "a esperança, quase certa, de conseguir trabalhar bem. É impossível não trabalhar em Roma. Se eu, como espero, conseguir [...], de lá enviarei tudo o que fizer, a começar pela novela (seu título é *Ássia*), que você imprimirá antes do Ano-Novo, isto eu lhe garanto".[20]

Porém, os editores da *Contemporâneo*, que esperavam impacientemente por um apoio mais substancial de Turguêniev ao periódico, duvidaram muito de que ele fosse cumprir a promessa: "Estamos convencidos de que *Ássia* e 'Hamlet e D. Quixote' não passam de conversa fiada",[21] escreveu Panáiev a Bótkin, pedindo-lhe para encorajar Turguêniev a engajar-se com mais afinco na atividade literária.[22]

Mas Turguêniev realmente depositava todas as suas esperanças em Roma para levar adiante o trabalho na novela. Numa carta de 5 de outubro a Ánnenkov, ele procura justificar sua decisão:

> "Em São Petersburgo eu me sentiria bem com todos vocês, meus amigos — mas não haveria espaço para pensar em trabalho; e agora, após tanto tempo de inatividade, só me resta ou desistir completamente e de uma vez por todas da minha lite-

[20] *Idem*, p. 152.

[21] Bem antes de principiar a escrever *Ássia*, Turguêniev havia começado a se dedicar ao ensaio "Hamlet e D. Quixote", assim como já tinha um plano preliminar para o romance *Ninho de fidalgos*, mas o trabalho havia estacionado, daí a desconfiança dos editores da revista.

[22] Lidia M. Lotman, "Comentários", *PSS*, vol. VII, 1964, p. 422.

ratura, ou tentar: será que é impossível renascer mais uma vez em espírito?"[23]

Em 12 de novembro, já de Roma, adiantando um dos principais motivos da novela — a questão do diletantismo na arte, um tema a que ele passara a se dedicar de corpo e alma —, Turguêniev escreve a Ánnenkov: "O trabalho é a única coisa que pode me salvar, mas, se não der certo, vou me sentir muito mal! Brinquei com a vida — e agora não dá para querer morder a testa".[24]

À medida que avançava na composição da novela, mais fundo ele mergulhava em reflexões sobre o papel do escritor na sociedade. Intimamente relacionadas com o seu modo de encarar a vida e a atividade literária até então, essas reflexões encontram expressão também no texto de *Ássia*, como sugerem as palavras do personagem Gáguin na cena em que mostra seus desenhos a N. N.:

> "[...] é tudo muito ruim e imaturo, mas que fazer? Não estudei como devia, é verdade, e a maldita indolência eslava tem seu preço. Enquanto sonhamos com o trabalho, voamos como a águia, é como se pudéssemos mover o mundo. Mas, quando passamos à execução, sentimo-nos imediatamente fracos e cansados. [...] Se tiver a paciência necessária, serei alguém na vida. [...] Se não tiver, seguirei sendo um indouto fidalgo." (p. 18)

Em carta de 15 de novembro, numa confissão à condessa Lambert, Turguêniev volta ao tema e afirma considerar o

[23] *PSS*, vol. III, 1961, p. 155.
[24] *Idem*, p. 164.

Posfácio

diletantismo o seu principal vício, evidenciando assim um forte paralelo entre autor e obra:

> "Nos últimos tempos, graças a várias circunstâncias, não fiz nada, nem pude fazer; comecei a sentir o desejo de lançar-me ao trabalho — e em São Petersburgo isso seria impossível; lá estaria cercado de amigos, que encontraria com verdadeira alegria, mas que impediriam (e eu mesmo a impediria) a minha reclusão; e sem reclusão não há trabalho. [...] Se mesmo em Roma eu não fizer nada, só me restará desistir. Na vida de um homem há momentos de mudança, momentos em que o passado morre e nasce algo novo; ai daquele que não sabe senti-los e apega-se obstinadamente ao passado morto, ou quer trazer à vida algo que ainda não está maduro. Muitas vezes pequei por impaciência ou teimosia; gostaria de ser mais sábio agora. Tenho quase quarenta anos; já se passaram não só a primeira, como a segunda e a terceira juventudes — está na hora de eu me tornar, se não uma pessoa útil, pelo menos alguém que sabe para onde está indo e aonde quer chegar. Não conseguiria ser outra coisa a não ser escritor, mas até agora não tenho passado de um diletante. Isso não haverá de acontecer daqui para a frente."[25]

Cada vez mais atraído pelas questões relacionadas à educação e à formação do caráter do novo homem russo, ele concentrou nelas toda a sua atenção. Em sua obra encontramos uma série de temas, motivos e tipos recorrentes. Em

---

[25] *Idem*, pp. 162-3.

grande parte, são personagens que pertencem à nobreza russa ocidentalizada e se enquadram na categoria dos chamados "homens supérfluos". Sem dúvida, Turguêniev foi o escritor que mais se dedicou à representação do tipo "supérfluo", o que em muito se explica pelo fato de que ele próprio fazia parte desse *milieu*. Tendo herdado o porte aristocrático do pai, o "gigante gentil", como chamavam-lhe os irmãos Goncourt, era "alto, de constituição forte, mas extremamente delicado e muitas vezes indeciso".[26]

Em carta a Nekrássov, de 4 de dezembro, quando já trabalhava nas correções da novela, Turguêniev anuncia:

> "Apresso-me a informá-lo de que esses dias finalmente terminei uma novela de três ou quatro páginas de impressão para a *Contemporâneo* [...]. Desculpe a brevidade desta mensagem: gasto todo o meu tempo reescrevendo *Ássia* — assim se chama a história."[27]

E para Ánnenkov, em carta de 13 de dezembro, não esconde sua expectativa com a recepção da novela: "Quando receber esta carta, você provavelmente já saberá que quebrei meu silêncio, ou seja, escrevi uma história, que foi enviada ontem à *Contemporâneo* [...] Definitivamente, não tem nada em comum com a literatura picante moderna — e, portanto, talvez pareça *fade*".[28]

Turguêniev mostrava-se ansioso por saber a opinião dos amigos e editores. Em sua correspondência, salta aos olhos que este é um momento de virada em sua vida, que envolve

[26] Dan Ungurianu, *op. cit.*, p. 18.

[27] *PSS*, vol. III, 1961, pp. 166-7.

[28] Em francês no original: "insípida".

Posfácio

a superação do "diletantismo", a que ele atribuía a sua forma de trabalhar até então, e de começar a dedicar-se com profissionalismo à única atividade para a qual se sentia apto. Como se pode observar, a novela *Ássia* foi concebida por Turguêniev em um momento de intensa crise ideológica e espiritual e toca em uma série de questões sociais e pessoais que seu autor teve de encarar em meados da década de 1850.

* * *

Além do cenário da novela, que se passa na Renânia, também o seu enredo se formou sob influência de alguns fatos da vida do autor. Para a história de Ássia, filha ilegítima de um nobre russo, Turguêniev parece ter se inspirado em sua própria filha Pelagueia — ou Paulinette, com ela viria a se chamar.

Turguêniev relatou ao poeta Afanássi Fiet que, certa vez, ainda na época de estudante, em uma de suas visitas à mãe, ele se aproximou de uma das servas da propriedade e, oito anos depois, ao voltar a Spásskoie,

> "descobri o seguinte: a lavadeira teve uma filha, a quem toda a criadagem chamava maldosamente de *bárichnia*,[29] e os cocheiros, intencionalmente, faziam-na carregar baldes de água que eram pesados demais para ela. Por ordem de minha mãe, puseram um vestido limpo na menina e trouxeram-na para a sala, então minha falecida mãe me perguntou: 'Diga, com quem essa menina se parece?'."[30]

[29] Moça de família nobre.

[30] Afanássi Fiet, *Vospominânia* (*Recordações*), disponível em <http://fet.lit-info.ru/fet/bio/memuary/moi-vospominaniya/moi-vospominaniya-1.htm> (último acesso em 23/8/2023).

A cena lembra a declaração que Gáguin faz sobre a irmã, que "até hoje não consegue esquecer o momento em que pela primeira vez puseram-lhe um vestido de seda e beijaram-lhe a mãozinha" (p. 35).

Assim como, na novela, Gáguin decide levar sua irmã para a capital e matriculá-la num pensionato frequentado por "moças de boas famílias", Turguêniev decide levar sua filha para a casa dos Viardot, em Paris, para ser educada com as duas filhas do casal, já que, "na Rússia, não há educação que seja capaz de tirar uma moça de tal posição ambígua".[31] O tema da "posição ambígua" das filhas ilegítimas da aristocracia russa, aludido na novela, é retomado diversas vezes na correspondência de Turguêniev.

Segundo o escritor Nikolai Scherban, que a conheceu na França em 1861, Paulinette tinha "olhos alegres, um rosto não muito belo, mas simpático, e com traços tão característicos que me fizeram involuntariamente falar-lhe em russo",[32] o que lembra a passagem da novela em que o narrador, ao encontrar Ássia, fica impactado com sua semelhança com "uma moça tipicamente russa, e moça simples, quase uma criada [...], e suas feições assumiam uma expressão tão comum, tão desimportante, que não pude deixar de me lembrar das Kátias e Machas que habitam os confins da nossa terra" (p. 25).

Também o temperamento de Paulinette parece ter influenciado a caracterização da personagem. Já em 1857, quando a menina contava quinze anos, Turguêniev se viu for-

---

[31] *Ibidem*.

[32] T. I. Bron, "Turgueniev i ego dotch Polina Turguenieva-Briuzer" ("Turguêniev e sua filha Polina Turguenieva-Briuzer", disponível em <http://az.lib.ru/t/turgenew_i_s/text_1883_pisma_k_turgenevu.shtml> (último acesso em 23/8/2023).

Posfácio

çado a tirá-la da casa dos Viardot devido a desentendimentos entre ela e os anfitriões, o que encontra paralelos com a situação de Ássia na novela, que viaja com o irmão para o exterior por esse mesmo motivo. Turguêniev também via em sua filha uma personalidade indomável, aliada a uma atitude depressiva perante a vida e "uma suscetibilidade extrema". E ela própria se descreve da seguinte maneira: "Na medida em que cresço, mais me torno triste. Agora já não sou como antigamente, sempre alegre, ah! Não, que pena! Tudo toma um matiz cinzento e lúgubre, incluindo a minha própria vida que, mesmo que esteja longe de ser infeliz, tem algo que não vai bem".[33]

Na família Turguêniev havia ainda uma segunda filha ilegítima, cujas características também lembram a heroína de *Ássia*: a menina Anna, que um tio do escritor tivera com uma camponesa. Ivan Turguêniev sentia um apego especial por essa garota, e em carta a Pauline Viardot, datada de 12-14 de setembro de 1850, relatou em detalhes o caráter singular da criança, que tinha então cinco anos de idade:

> "Imagine o rostinho mais bonito que você já viu, traços de uma delicadeza incrível, um sorriso encantador e olhos como nunca tinha visto antes — olhos de mulher, ora suaves e acariciantes, ora penetrantes e observadores; e um semblante que muda de expressão a cada momento, e cuja expressão é surpreendentemente verdadeira e original. Ela tem bom senso e uma maravilhosa precisão em suas sensações e sentimentos; ela pensa muito, e nunca é ardilosa; surpreende ver como o seu pequeno cérebro trabalha instintivamente com a verdade e jul-

[33] *Ibidem.*

ga corretamente tudo ao redor... E ainda assim é uma criança, uma verdadeira criança."[34]

* * *

Ássia é a história de três jovens russos que se encontram no exterior: "N. N.", o protagonista e narrador anônimo, um jovem pintor chamado Gáguin, e Ássia, sua irmã de dezessete anos. Muitos anos depois, em tom de lamento, o narrador rememora a breve história de seu amor por Ássia, interrompida abruptamente por sua incapacidade de compreender os sentimentos dela e por sua indecisão em declarar-lhe os seus próprios sentimentos. Nessa primeira experiência amorosa, Ássia se choca com a realidade da vida ao seu redor. Ainda que o homem que ela escolhera e ao qual estava disposta a entregar-se fosse um nobre educado e sensível, uma das "melhores pessoas" da sociedade russa, este se revela fraco e inseguro. Ele também está apaixonado, mas tarda a percebê-lo, e só pensa em propor-lhe casamento quando é tarde demais. Diante de sua indecisão, Ássia parte sem deixar rastros. Como é comum na obra de Turguêniev, também em *Ássia* é o amor de uma mulher que põe à prova o caráter do protagonista.

A publicação de *Ássia* ocasionou um debate animado entre seus colegas da *Contemporâneo*. Ivan Panáiev, que se encarregara de fazer a preparação do texto para publicação, informou a Turguêniev: "Ánnenkov leu a história e você provavelmente já sabe a opinião dele. Está encantado".[35] Também Nekrássov, em carta de 25 de dezembro de 1857, de Petersburgo, cumprimenta Turguêniev, embora com uma ressalva:

[34] *PSS*, vol. I, *Cartas*, p. 390.

[35] Disponível em <http://nekrasov-lit.ru/nekrasov/letter/letter-340.htm> (último acesso em 23/8/2023).

Posfácio

"Cumprimento-lhe pela história e por ser encantadora. Ela irradia juventude espiritual, é feita do puro ouro da poesia. Sem exageros, esse belo cenário condiz com o enredo poético, e disso resultou uma coisa sem precedentes em beleza e pureza. Até Tchernichévski está sinceramente encantado com essa novela. Há uma observação pessoal minha, mas não é importante: na cena do encontro, quando o herói se ajoelha, ele de repente mostra uma grosseria desnecessária, de uma natureza que não se esperava dele, explodindo em censuras — estas deveriam ser suavizadas e reduzidas; eu até quis, mas não ousei fazê-lo, especialmente porque Ánnenkov foi contra."[36]

A tal grosseria que o herói demonstra na cena do encontro foi, de fato, o que mais chamou a atenção de críticos e leitores da época. Tchernichévski viu nessa atitude do herói a principal característica da geração a que pertence N. N., e mergulhou cuidadosamente no texto da novela para escrever o ensaio "O russo no *rendez-vous*: reflexões sobre a leitura da novela *Ássia* do Sr. Turguêniev",[37] ainda hoje uma das principais referências para o estudo desta obra.

No ensaio, Tchernichévski avalia que "a novela tem um sentido puramente poético, não toca em nenhum dos chamados lados negros da vida", e todas as suas personagens "são pessoas das melhores entre nós, muito instruídas, esplendidamente humanas: imbuídas dos mais nobres pensamentos".[38]

[36] *Ibidem.*

[37] Traduzido por Sonia Branco em *Antologia do pensamento crítico russo* (org. Bruno Barretto Gomide), São Paulo, Editora 34, 2013.

[38] *Idem*, p. 265.

Daí o final da novela, num primeiro momento, ter deixado nos leitores a impressão de que Turguêniev não tivera êxito na construção de seu herói, que repentinamente deixa-se conduzir com "tamanha grosseria e vulgaridade"; a conclusão de Tchernichévski, no entanto, é a de que "o autor não errou", pois "o que constitui o mérito dessa novela é o fato de o caráter do herói reproduzir fielmente a nossa sociedade". Ao comparar N. N. com seus predecessores do mesmo tipo, Tchernichévski observa: "O herói se mostra bastante ousado enquanto não se exige dele nenhuma ação concreta, quando se trata apenas de ocupar um tempo ocioso, preencher uma cabeça ociosa ou um coração ocioso com conversas e sonhos; mas basta chegar a hora de expressar seus sentimentos e desejos de forma direta e precisa e a maior parte dos heróis já começa a sofrer certo retardo na língua". "Assim são as nossas melhores pessoas",[39] conclui o crítico, apontando a indecisão e a impotência como as características que determinavam a essência dessas pessoas e causavam a sua inação, tornando-as inúteis, "pessoas supérfluas", por não serem necessárias a ninguém.

Em 30 de janeiro de 1858, Turguêniev respondeu à carta elogiosa de Nekrássov: "Fico muito feliz de saber que *Ássia* lhe agradou; gostaria que o público também gostasse, embora agora, em nossa época, ele pareça estar olhando em outra direção". Ainda que as mudanças de gosto que se insinuavam então no cenário literário russo o tenham levado, a princípio, a duvidar de seu talento, reflexões sobre o papel do escritor fortaleceram a sua convicção de que era preciso encarar o trabalho literário como um dever social. É a partir dessa tomada de consciência que Turguêniev passa a insistir com Tolstói — que tinha então 29 anos e ainda não havia

---

[39] *Idem*, pp. 226-7 e 270.

escrito os grandes livros pelos quais seria conhecido — para que ele também se entregue a uma vida ativa, de trabalho intenso, e livre-se da "maldita indolência eslava" (expressão que o personagem Gáguin usa para falar de si mesmo) que marcou toda uma geração de intelectuais progressistas:

> "[...] você estaria certo se, ao sugerir que é meramente um escritor, eu tivesse limitado o significado de escritor a um chilrear lírico; mas em nossa época não há lugar para pássaros cantando nos galhos. Eu só quis dizer que todo homem deve, sem deixar de ser um homem, ser um especialista; a especialização exclui o diletantismo (desculpe-me por todos esses 'ismos'), e ser diletante é ser impotente. Até agora, em tudo o que você fez, ainda se pode ver um diletante — extraordinariamente talentoso, mas ainda assim um diletante. Gostaria de vê-lo atrás de sua bancada, com as mangas arregaçadas e um avental de operário."[40]

Apesar de não se sentir confiante quanto à recepção de *Ássia*, Turguêniev estava satisfeito e firmemente convencido de que, com ela, "algumas sementes boas haviam lhe penetrado fundo na alma", e que ele havia superado uma etapa em sua vida e conseguido "livrar-se da preguiça".[41] Pode-se considerar que *Ássia* surge como um prenúncio das grandes obras de Turguêniev, em que os problemas dessas "pessoas supérfluas", personagens de um novo momento histórico

---

[40] Carta de Turguêniev a Tolstói de 29 de janeiro de 1858, disponível em <http://turgenev-lit.ru/turgenev/pisma-1855-1858/letter-297.htm> (último acesso em 23/8/2023).

[41] Carta de 7 de dezembro de 1858, *PSS*, vol. III, 1961, p. 208.

da Rússia, foram mostrados por ele de forma mais ampla e profunda.

A obra posterior de Turguêniev inclui seis romances, em torno dos quais eclodiram inflamadas discussões que puseram-no sempre no centro da atenção da crítica russa, e também novelas, peças de teatro e muitos contos, poemas, ensaios e artigos. Em *Ássia* ele inaugura um tema caro a obras como *Ninho de fidalgos* (1859) e *Às vésperas* (1860), nos quais a indecisão e a impotência do herói determinam a sua essência e condicionam a sua inação. *Ássia* abre caminho também para o seu romance mais conhecido, *Pais e filhos*, que, publicado em 1862, deu origem a amplas controvérsias e lhe custou uma ruptura incontornável com os críticos da revista *O Contemporâneo*, que não concordaram com o ponto de vista, expresso no romance, sobre a nova geração de intelectuais progressistas.

Turguêniev alcançou, ainda em vida, um reconhecimento sem precedentes na literatura russa. Por viver no exterior, ele foi o primeiro dos seus a ser aclamado na Europa como um grande romancista, um dos melhores do século. E a ele é atribuído também o grande mérito de ter promovido a literatura de seu país na Europa: graças aos seus esforços, foram traduzidas então as melhores obras de Púchkin, Gógol, Liérmontov, Dostoiévski e Tolstói. A morte de Turguêniev em Bougival, na França, em 3 de setembro de 1883, adquiriu o caráter de um grande acontecimento social, repercutindo em todo o mundo letrado. Conforme publicou, na época, o jornal londrino *The Athenaeum*: "Um artista incomparável", a quem a Europa "deu por unanimidade o primeiro lugar na literatura contemporânea".

Posfácio

SOBRE O AUTOR

Ivan Serguêievitch Turguêniev nasceu em 28 de outubro de 1818, em Oriol, na Rússia. De família aristocrática, viveu até os nove anos na propriedade dos pais, Spásskoie, e em seguida estudou em Moscou e São Petersburgo. Perdeu o pai na adolescência; com a mãe, habitualmente descrita como despótica, manteve uma relação difícil por toda a vida. Em 1838, mudou-se para a Alemanha com o objetivo de continuar os estudos. No mesmo ano, publicou sob pseudônimo seu primeiro poema na revista *O Contemporâneo (Sovremiênnik)*.

Em Berlim, estudou filosofia, letras clássicas e história; além disso, participava dos círculos filosóficos de estudantes russos, e nessa época se aproximou de Bakúnin. Em 1843, conheceu o grande crítico Bielínski e passou a frequentar seu círculo. As ideias de Bielínski a respeito da literatura exerceram profunda influência sobre as obras do jovem escritor, que pouco depois começaria a publicar contos inspirados pela estética de sua Escola Natural. Estas histórias obtiveram grande sucesso e anos depois foram reunidas no volume *Memórias de um caçador* (1852). O livro alcançou fama internacional e foi traduzido para diversas línguas ainda na mesma década, além de ter causado grande impacto na discussão sobre a libertação dos servos.

Também em 1843, conheceu a cantora de ópera Pauline Viardot, casada com o diretor de teatro Louis Viardot. Turguêniev manteve com ela uma longa relação que duraria até o fim da vida, e também travou amizade com seu marido; mais tarde, mudou-se para a casa dos Viardot em Paris e lá criou a filha, fruto de um relacionamento com uma camponesa. Durante sua permanência na França, tornou-se amigo de escritores como Flaubert, Zola e Daudet.

Turguêniev viveu a maior parte da vida na Europa, mas continuou publicando e participando ativamente da vida cultural e política da Rússia. Nos anos 1850 escreveu diversas obras em prosa, entre elas *Diário de um homem supérfluo* (1850), "Mumu" (1852), *Fausto* (1856), *Ássia*

(1858) e *Ninho de fidalgos* (1859). Seu primeiro romance, *Rúdin* (1856), filia-se à tradição do "homem supérfluo" ao retratar um intelectual idealista extremamente eloquente, porém incapaz de transformar suas próprias ideias em ação. O protagonista encarnava a geração do autor que, depois de estudar fora, voltava para a Rússia cheia de energia, mas via-se paralisada pelo ambiente político da época de Nicolau I.

Em 1860 escreveu a novela *Primeiro amor*, baseada em um episódio autobiográfico. Dois anos depois publicou *Pais e filhos* (1862), romance considerado hoje um dos clássicos da literatura mundial. Seu protagonista Bazárov tornou-se representante do "novo homem" dos anos 1860. Abalado pela polêmica que a obra suscitou na Rússia — acusada de incitar o niilismo —, o autor se estabeleceu definitivamente na França e começou a publicar cada vez menos. Entre suas últimas obras, as mais conhecidas são *Fumaça* (1867) e *Terra virgem* (1877).

Autor de vasta obra que inclui teatro, poesia, contos e romances, Ivan Turguêniev foi o primeiro grande escritor russo a se consagrar no Ocidente. Faleceu na cidade de Bougival, próxima a Paris, em 1883, aos 64 anos de idade.

SOBRE A TRADUTORA

Fátima Bianchi é professora da área de Língua e Literatura Russa do curso de Letras da Faculdade de Filosofia, Letras e Ciências Humanas da Universidade de São Paulo. Entre 1983 e 1985, estudou no Instituto Púchkin de Língua e Literatura Russa, em Moscou. Defendeu sua dissertação de mestrado (sobre a novela *Uma criatura dócil*, de Dostoiévski) e sua tese de doutorado (para a qual traduziu a novela *A senhoria*, do mesmo autor) na área de Teoria Literária e Literatura Comparada, também na USP. Em 2005 fez estágio na Faculdade de Filologia da Universidade Estatal de Moscou Lomonóssov, com uma bolsa da CAPES.

Traduziu *Ássia* (Cosac Naify, 2002) e *Rúdin* (Editora 34, 2012), de Ivan Turguêniev; *Verão em Baden-Baden*, de Leonid Tsípkin (Companhia das Letras, 2003); e *Uma criatura dócil* (Cosac Naify, 2003), *A senhoria* (Editora 34, 2006), *Gente pobre* (Editora 34, 2009), *Um pequeno herói* (Editora 34, 2015), *Humilhados e ofendidos* (Editora 34, 2018) e *Crônicas de Petersburgo* (2020), de Fiódor Dostoiévski, além de diversos contos e artigos de crítica literária. Assinou também a organização e apresentação do volume *Contos reunidos*, de Dostoiévski (Editora 34, 2017). Tem participado de conferências sobre a vida e obra de Dostoiévski em várias localidades, é editora da *RUS — Revista de Literatura e Cultura Russa*, da Universidade de São Paulo, e ocupa o cargo de coordenadora regional da International Dostoevsky Society.

ESTE LIVRO FOI COMPOSTO EM SABON
PELA FRANCIOSI & MALTA, COM CTP
E IMPRESSÃO DA EDIÇÕES LOYOLA EM
PAPEL PÓLEN NATURAL 80 G/M² DA CIA.
SUZANO DE PAPEL E CELULOSE PARA A
EDITORA 34, EM OUTUBRO DE 2023.